Insensatez

LARANJA ● ORIGINAL

Insensatez

Cláudio Furtado

1ª Edição, 2022 · São Paulo

Sumário

7 Insensatez
17 No Rio
41 Lauro e Leda
53 Nat
75 O rebento
87 Let's go Far West
97 Nascente e poente

Insensatez

Ela se foi. Um rápido suspiro entre dois atos de amor: o que a criou e o da renúncia. Difícil imaginar que aqueles dois velhos rondando o cinquentenário tenham tido filhos fruto do amor carnal. Talvez a ideia de família, o amor à paternidade ou maternidade, difícil saber. A razão anda por meandros que até Pascal desconhece. O mesmo amor veio gerar duas pessoas completamente diferentes: Maria nasceu com graças e encantos. Patrocinadora do sorriso sincero, não era alta, nem os pais o eram, tez clara, cabelos e olhos negros como jabuticaba, denotavam o sangue miscigenado das Minas e a herança mesclada pelo Mediterrâneo. Maria era inteligente, vivaz e tinha um jeitinho carioca de andar, enquanto José era retraído e lerdo no desenvolvimento. Cabelos loiros e rebeldes, olhos castanhos. Aos dois anos, não andava nem falava, não reagia às brincadeiras e os riscos na parede do quarto mostravam que era ainda mais baixo que Maria. "Isso é normal, um dia ele desperta e espicha, não se preocupem", diziam. Orações, visitas a Aparecida, anteciparam o diagnóstico de um especialista que a criança tinha um retardo. Aos três anos José ainda se mantinha no quadrado olhando os próprios dedos, quando chegou Augusto, não mais nomes cristãos, mas de imperadores pagãos. Augusto deu mostra desde pequeno que não seria a reedição do irmão, apesar da aparência física. Os pais tratavam os varões com excessivo cuidado. Maria protestava argumentando que poderia agravar as dificuldades, mas como se contrapor àqueles dois velhos doces e generosos? Restava à Maria o silêncio complacente e o mergulho nos livros.

Tinha muita paciência com José, conversava, estudava e trazia saber e carinho para o irmão, entretanto a mãe protetora ignorava as palavras de Maria, dos médicos e educadores e insistia na superproteção, indiferenciando os varões. Na rua Caconde, as crianças caminhavam pela calçada até a quitanda na rua Pamplona, enquanto os da casa aguardavam no portão e trocavam impressões com os vizinhos. Maria tinha amigos e amigas. Gente grande e pequena, conversava com todos. Quando lhe perguntavam dos irmãos, encontrava com facilidade formas de se calar. Ainda trajava a saia xadrez em cinzas com grande suspensório e gravata e já frequentava as salas e bibliotecas dos pais da vizinhança. Maria logo percebeu seus predicados e seus defeitos. Seu pai não tinha propriamente uma profissão, ainda que não lhe faltassem recursos; amante dos cavalos, ia todas as manhãs ao Jockey Club de São Paulo no seu Nash 56 examinar, analisar e conversar sobre as corridas noturnas e dos finais de semana. Silencioso e calmo, ouvia melhor que falava. Sua boca sempre ornamentada por um belo cachimbo de madeira ou marfim recheado de fumo *Troost*, exalava doçura aos ares ao redor. Se havia assimetrias na cidade em que moravam, era notável a assimetria da consolação e da compaixão. Sr. Mário sabia consolar os aflitos, se compadecia das dificuldades dos outros. Para ele a paixão é o escondimento da compaixão, olhava cada cavalo, cada jóquei como amigos, como seu parceiro e com isso desvendava suas almas. Dona Conceição dedicava toda sua doçura aos pudins de leite e aos bolos de fubá com coco, cobrindo os pequenos de calorias e puerilidade. Maria se dividiu entre a admiração pela paciência e aceitação incondicional dos desígnios divinos e aversão à rigidez, à ignorância e às certezas universais.

A casa ainda contava Nazinha. Uma órfã que o padre de Belo Horizonte recomendou e foi absorvida na casa como filha. Já ia lá pelos cinco ou seis anos quando Maria chegou, e foi quem cuidou das três crianças. Morena, cabelos encaracolados, alta e magra, alegre como a pequena Maria. Como Nazinha não tivera estudo, Maria reproduziu as lições da cartilha e fizeram o exame de admissão ao ginásio em conjunto. O colégio de Maria não aceitava crianças negras, Nazinha foi para o Nossa Senhora das Graças, não longe dali e ainda mais puxado que o primeiro. Estudavam juntas, mas enquanto Nazinha trocava suas fantasias amorosas, Maria se mantinha reservadamente silenciosa. Os meninos da escola não olhavam para Nazinha, em compensação os da rua eram insistentes. Nazinha logo ganhou fama de galinha, mas não se importou, dizia à amiga, ou seria meia-irmã, que gostava mesmo de beijar. Maria enrubescia porque no fundo também gostava, só que não achava bem propagar.

— Você precisa mesmo dizer isso?
— Só digo pra você.
— Então como todo mundo sabe?
— Falar não tira pedaço.

Dona Conceição só tinha olhos para os meninos. Enquanto Nazinha e Maria ajudavam nas tarefas da casa, ela só repetia: "não vai me arrumar um bebê!" A adotada usava diafragma e evitava a consumação do ato. Maria se divertia com as histórias e dedicava a maior parte do tempo livre em cuidados com José. Aos poucos, esse foi mostrando progressos. Já conhecia os números, andava sempre na ponta dos pés, mas caminhava por toda a casa e quintal. Adorava a família, principalmente as meninas. Muitas vezes se irritava com a mãe e queria ficar grudado nelas. Fisicamente os meninos engordavam, pouco afeitos aos exercícios e às brincadeiras. Maria gostava de jogar taco, bolinha de gude e pula carniça. Sempre levava José consigo e aos poucos esse foi deixando de ser café com leite para se tornar um jogador comum. José falava, mas nem sempre o entendiam, a não ser Maria e Nazinha.

Nas férias iam para Itanhaém. Lá Nazinha trabalhava como nunca. Uma casa na praia sempre tem muita coisa a se fazer e José tomava quase todo o tempo de Maria, ensinando a nadar, pegar jacaré e até jogar peteca. Os meninos se aproximavam de Maria, mas sem muito sucesso. Ela gostava de conversar e não dava mostras de querer contato físico. Já Nazinha era o oposto, e a casa, em frente à praia do Soarão, vivia repleta de jovens. D. Conceição e o sr. Mário os recebiam com caipirinhas, cervejas e pastéis feitos na hora. A mãe estranhava que Maria nunca tinha namorados, ao que o sr. Mário esclarecia que cada um tem sua hora: "Logo ela encontrará um rapaz de família. Veja a Nazinha! Namora com qualquer um. É melhor que a Maria seja mais cuidadosa."

Num piscar de olhos Maria já estava no colegial do Assunção e o mundo exterior suplantou as mazelas domésticas. Surgiu a Bossa Nova, os Beatles, Carmem e Luizinho. Carmem foi escolhida para ser sua eterna amiga, Luizinho seu primeiro namorado e as músicas se tornaram a trilha sonora de sua vida. Chegaram também Paulo Mendes Campos, Pedro Nava, Fernando Sabino e todos os articulistas da Manchete. Chegaram Vinicius de Moraes e Carlos Drummond de Andrade. Com Carmem, trocava as revistinhas escritas do David Nasser "Gisele, a espiã nua que abalou Paris". As histórias de Suzana Flag e Carlos Zéfiro, Maria com Luizinho colocava seu aprendizado em prática. Sob aquele uniforme inocente, os pais e professores viam Maria desabrochar o que os meninos encontravam em Carmem. Ela era o paradigma da bela menina do Jardim Europa: loira, magra, alta; traços finos, olhos azuis sofisticados e bonitos. Carmem era de boa família, pai banqueiro, irmão corredor de automóvel e mãe dedicada ao trabalho social. Antes de terminar o colegial já namorava firme seu vizinho estudante da Paulista de Medicina. Maria e Carmem não arrefeceram a amizade. Luizinho e Décio não se entenderam bem. Décio era de direita, aprovava a ditadura e avesso às drogas e ao rock'n roll. Luizinho, fã do Bob Dylan, da maconha e das bolinhas, odiava festinhas, boates e chás no Yara. Ao anoitecer, Maria e Luizinho se sentavam numa mureta na viela no fundo do colégio Assunção e passavam horas conversando. Na manhã seguinte, Carmem tinha muitas histórias para contar, enquanto Maria se calava por não se lembrar sobre o que conversaram.

Aos domingos a família frequentava a missa do Colégio Assunção. Às quartas, a mãe ia sozinha e deixava os pequenos com a Nazinha. Quando Maria estava no ginásio, acompanhava a família; no colegial as meninas não foram mais. A mãe protestou, mas compreendeu a rebeldia. A turma de Itanhaém repetia em São Paulo as visitas do verão, às tardes de Jovem Guarda todos se acotovelavam na sua sala: Alberto e Jane, Regina, Márcia, os Sales Cunha, o Jean Pierre e a turma do conjunto Colt 45, depois iam para o mingau do clube Pinheiros, onde todos tiravam Maria para dançar, a madame Poças Leitão lhe ensinou a acompanhar qualquer passo. Dançavam rock, twist, e quando tocavam Johnny Rivers, Maria nunca deixava de roçar seu rosto ao de algum menino. Nazinha não se animava com essa turma. Era bem tratada, para ela eram ingênuos.

Meados de junho, a neblina ofuscava as manhãs do baixio do Jardim Paulista, começaram as provas semestrais. Maria rapidamente terminou a de francês, saiu da classe distraída, vagando pelos corredores sobre o piso de granilite colorido em torno de colunas amareladas de massa raspada. Viu um rapaz mulato, alto e com um sorriso de comercial da Kolynos; um homem na casa dos trinta, musculoso, cabelos bem curtos, olhar oscilante entre o esverdeado e o acinzentado. Trocaram um rápido olhar, um *coup d'oeil* e Maria corou. Um raio de vida percorreu sua coluna. Seus olhos brilharam, ofuscaram o pintor. Este parou o trabalho e disse: "Bom dia, senhorita", naquele momento a voz do rapaz saiu forte com sonoridade de tenor e a decisão dos vencedores. A timidez de Maria desapareceu e respondeu: "bom dia, seu trabalho está ficando muito bom." Os dentes grandes e sobrepostos temperavam os traços alinhados e o vermelho úmido dos lábios. "Muito obrigado senhorita. Sou o novo faz-tudo da escola". Seu sotaque carioca brotou dos erres, esses e no ritmo balançado das palavras. Ele vinha de onde vieram as músicas do Jobim e Vinicius, do Carlinhos Lira, do Bôscoli e do Marcos Valle. Ela encontrou uma forma de dizer que morava na rua Caconde. Ele repetiu que estava sempre ali ou na escola ou na igreja e frequentava a missa das 9 aos domingos. O coração de Maria disparou. Não conseguia pensar em outra coisa e logo contou para Carmem. Essa se escandalizou: "Como? Uma menina de família se interessar por um neguinho pintor da escola? Você ficou louca? Olha quantos rapazes ricos e chiques se interessam por você? É só você piscar que cai um monte de rapazes de família. O que sua mãe vai dizer? E os outros? Você parece a Nazinha. Vai virar uma galinha também?". Maria ficou envergonhada, com raiva de Carmem e arrependida de lhe falar. Se contasse para a irmã, ela ia sair correndo para dar em cima dele. Não! Teria que guardar para si. À tarde, Carmem ligou, pediu desculpas, mas insistiu que era uma insensatez, "que coração mais sem cuidado"! Não iria contar para ninguém, jurava. "Me mostra quem é ele para te dar um palpite". Maria não precisava de palpites, pela primeira vez na vida tinha certeza. Carmem iria contar só para uma amiga e pedir para guardar silêncio e toda a escola saberia na mesma hora. "Não! Ele me perturbou como ninguém e não vou dividir isso com qualquer outra pessoa a não ser ele mesmo, se um dia eu puder". Mas a excitação de Maria era enorme e ao chegar em casa José, Nazinha e até Augusto notaram algo diferente. Depois do almoço, as duas foram lavar a louça na cozinha:

— Conta pra mim o que aconteceu. Você não me engana.

— Não aconteceu nada.
— Nem vem.
— Foi nada mesmo, só estava andando pelo corredor da escola e vi um rapaz bonito, só isso.
— Que rapaz é esse?
— Não sei, só nos cumprimentamos.
— Era aluno ou professor?
— Nenhum dos dois.
— Não acredito... pai?
— Não, um rapaz que estava raspando a parede.
— Um pintor? Preto?
— Mulato, assim um pouquinho mais claro que você. E tem olhos verde-acinzentados. Lindo. Você não imagina o sorriso dele quando olhou pra mim.
— Que idade ele tem?
— Ele é velho, uns trinta, trinta e pouco.
— São os melhores. Vamos agora mesmo até a escola encontrar com ele.
— Não, o que vou dizer? Tenho vergonha. Não. Ele vai na missa das 9 — Nazinha gritou:
— Mãe Conceição! Eu e a Maria vamos domingo na igreja, mas temos que ir às 9 porque temos um churrasco depois.

A mãe ficou radiante e toda a família foi à missa das 9 com elas.

Domingo, Nazinha procurava por todos os lados quem poderia ser o rapaz, Maria não o viu. Quando todos saíam, o rapaz veio brincar com José, esse logo lhe abriu um enorme sorriso. Com um movimento com a cabeça, cumprimentou todos. Maria corou, seu coração parecia sair pela boca. Agachou-se para arrumar a camisa dentro da calça de José e falou baixinho.

— Precisamos voltar pra casa, José. Daqui até a rua Caconde são umas três quadras.
— Quem é? — Perguntou d. Conceição.

— É um rapaz que faz manutenção na escola — Maria tentou disfarçar sem sucesso, Nazinha e Augusto perceberam, até d. Conceição, mas têm coisas que são tão difíceis de aceitar que é melhor ignorá-las. No caminho silencioso para casa, José ficou agressivo com Maria, não queria sua mão. Pegou na mão da mãe e disse:

— Ma, não! É feia. Ma, não.

No Rio

No Brasil não há lugar mais lindo que o Rio de Janeiro: os recortes, as restingas e os imensos rochedos que emergem cobertos de densa vegetação rica e variada. Talvez no mundo não haja sítio mais encantador que a zona sul daquela cidade. Nas encostas dos morros, a miséria das favelas só ocasionalmente participa daquela festa de beleza e alegria. A brisa do mar não chega, as lotações são incertas e a polícia só vai lá para extorquir. Terra de homens das esferas sublunares, mutantes e variegadas. Tanto as belezas podem ser paulatinamente destruídas quanto as tristezas da zona norte podem tomar outros rumos. Essa é a história de Orfeu, o jovem moreno, filho de mãe solteira que nasceu na ensolarada Urca enquanto a Europa se cobria de sombras. Naquele pedaço de paraíso havia um cassino frequentado por empoderados ou pretendentes que iam à Capital Federal rondar o poder e aspirar o erário público. Ali Maria da Glória de Andrade trocou o recato de seu belo corpo moreno pelas plumas e esplendores na linha das coristas. Nos bares em torno do cassino conheceu políticos e endinheirados que lhe cobriram de joias e presentes em troca de favores carnais e de uma boa conversa. Os anos consumiram sua juventude e seu corpo deu sinais de cansaço. Ligou-se a um jornalista de terno da Ducal e chapéu escondendo as entradas. Um dia Da Glória se viu com idade superior às outras coristas e com a barriga prestes a se avolumar. Sem casa onde abrigar o filho, procurou emprego de doméstica entre os artistas. Heriveltо Martins e Dalva de Oliveira moravam na rua São Sebastião e tinham um filho que precisava de cuidados. O pequeno Peri de Oliveira Martins ainda não ia ao grupo e passava a manhã vagando pelas praias amuradas e as ruas tranquilas do bairro. Ao seu lado ia Da Glória, se esforçando para esconder o jovem príncipe mouro em formação. Quando o feto se tornou indisfarçável, era tarde e os primeiros dias do rebento foram partilhados com a família de artistas. Um ano após e Peri estava matriculado no Externato Cristo Redentor. As proprietárias não eram clérigas, mas cristãs fervorosas; uma também fora mãe solteira e orgulhosa propagava a coragem do filho, já servindo as forças que libertariam o mundo da tirania. Na porta da escola, Da Glória e Zilca se conheceram e essa a acolheu como membro da família, lhe proporcionou emprego, moradia e educação à criança. Nos fundos da escola, na rua Cândido Gaffrée, foram morar mãe e filho com os sonhos de subir na vida. Da Glória começou como simples faxineira, passou a ser uma assistente geral: arrumava as classes de acordo com o número de crianças, recebia os pais, guardava os boletins, recebia as mensalidades e depositava no banco. Pagava o INPS que andava sempre atrasado, acudia pequenos ferimentos infantis, dava palpites nas promoções de professores, enquanto as diretoras cuidavam de coisas afeitas à pedagogia, aos contatos sociais e suas vidas privadas. Podia-se dizer que a escola era a Maria Da Glória e umas outras ajudantes. Até aula Da Glória deu, sem ter frequentado o ginásio. O pequeno Orfeu crescia num ambiente de estudo e disciplina e logo estava ajudando a mãe nas pequenas atividades manuais: conserto de carteiras, pintura, colocação de tacos e coisas afins. Ganhou seus trocados e se fez adulto em idade imberbe. Não havia criança que não admirasse o jovem faz-tudo. Ali conheceu Mário Henrique Simonsen, aluno e depois amigo das diretoras, Alceu Amoroso Lima e tantos outros que passaram pelas carteiras ou pelas cátedras do externato Cristo Redentor, que diziam: entra burro, sai doutor. No entanto, Orfeu não saiu doutor. Desde pequeno, a mãe evitou o rádio no quarto, dedicando-se à leitura dos clássicos para o pequeno. Leu Robinson Crusoé, as aventuras de Gulliver, Moby Dick, as histórias de Conan Doyle e depois de Dickens e Machado. Sem ser um aluno brilhante, mas com o beneplácito de professores e diretores, Orfeu cresceu entre as praias e o público que nos fins de semana vinha em massa da zona norte se refrescar na calma e pequena praia em frente ao cassino que se tornara TV Rio, abrigando ainda artistas pelas ruas circundantes e moças simples que se acotovelavam na entrada para assistir aos programas de auditório. Da mesma forma que o filho bastardo da diretora se retirou para as forças armadas, Orfeu, ao completar a maioridade e sem temperamento ou intenção de seguir carreira mais prestigiada, resolveu que iria deixar o local de nascimento para conhecer outras paragens. A ideia o perseguiu durante anos. Enquanto a mãe lhe procurava um emprego seguro e digno, Orfeu sonhava em ir embora dali. Um dia, durante uma comemoração de fim de ano na churrascaria ao pé do novo bondinho do Pão de Açúcar, teve um momento de paz com sua mãe e lhe disse:

— Mãe, eu sei como foi difícil pra você me criar com todas essas regalias e conforto. Uma mulher negra, mãe solteira, sem educação formal conseguiu o que nunca imaginou.

— É verdade meu filho, mas as glórias são pra ter no nome, não na lapela. Se começarmos a nos vangloriar dos nossos feitos, acabaremos vaidosos e orgulhosos e deixaremos de lutar. Vida é luta.

— Eu sei mãe, mas eu não gosto de estudo, de ficar num escritório o dia inteiro. Nasci e cresci entre as crianças da escola e os meninos da rua. Meu melhor amigo Pery Ribeiro agora é um astro, vive rodeado de artistas, envolto num mundo de perdição, drogas, álcool, mulheres fáceis, homossexuais. Se eu continuar nesse meio vou me dar mal na vida. Vou me perder, mãe. E sei que isso seria um enorme desgosto pra senhora. Eu já experimentei essas drogas e sei o quanto é bom viver dopado, mas sei também o quanto custa. Pra mim é bem fácil vender drogas na escola. Por eu ser preto, muitos vem me pedir, achando que sou traficante. Não quero ser isso, mãe. Eu te amo e não sei como vou conseguir viver longe de você, mas preciso encontrar um lugar pra mim longe de tudo isso.

— Filho, você tem razão, só que eu vou com você. Aonde quer que vá.

— Você não pode, mãe. Essa escola é a senhora. As diretoras já estão velhas e sem você a escola vai à falência em um ano. Você não pode abandonar isso que também construiu. A senhora fica e eu vou. Vamos sentir, eu sei, mas na vida tudo se dá um jeito.

— Tenho orgulho do menino que você me saiu! Você é um rapaz maravilhoso e não é à toa que todas as meninas te querem. Simpático, inteligente, bonito, forte, sabe o que quer. Quem diria que um dia teria um filho assim. Você conversa com o ministro da Economia de igual pra igual.

— A gente não conversa muito, só joga xadrez e toma umas. Quer dizer, ele toma todas, eu umas.

— Vai em busca do seu destino, filho! Você sabe pra onde ir?

— Não tenho ideia. Só não quero entrar na marinha mercante. Isso não. Quero continuar pintando, não pintura de parede, mas as marinhas. Acho que preciso de um pouco de orientação. Os cursos que fiz aqui na escola foram bons, aprendi muita coisa, mas queria algo maior. Na escola de Belas Artes eles ensinam pintura clássica, não quero isso.

Algumas semanas depois, a escola recebeu a visita de escolas católicas do Brasil num congresso no Parque Laje. Da Glória conheceu a superiora do colégio Assunção de São Paulo e falou do filho. Trocaram cartas. Orfeu soube dos cursos de arte no Museu de Arte Assis Chateaubriand, no MAM e na Bienal e trocou informações com o pessoal da arte concreta do Flexor. No semestre seguinte, assim que começaram as aulas, Orfeu deixou tudo pronto, despediu-se das diretoras que lhe deram uma polpuda reserva e pegou o Santa Cruz para acordar sob uma neblina fria na estação da Luz que o maravilhou e com uma mala de couro amarrada com uma cinta e uma pasta de desenhos da papelaria Mundial, de bordas reforçadas, pegou o ônibus no Anhangabaú e desceu na avenida Nove de Julho com a alameda Lorena.

As freiras o receberam com carinho e entusiasmo. Tinham alguns serviços urgentes e vendo seus desenhos logo abriram espaço na agenda de Orfeu para que pudesse se aperfeiçoar. Uma mãe da escola conhecia Flávio de Carvalho e promoveu um encontro. Orfeu conheceu os desenhos, as performances e a escultura que Flávio iria instalar na praça das Guianas, conseguiu logo um cargo de ajudante na montagem da escultura a Garcia Lorca. Logo conheceu Samson Flexor para quem levou alguns desenhos. O artista russo ficou impressionado com sua arte. "Onde aprendeu a desenhar essas marinhas?"

— No meu quarto tinha um pequeno óleo de um pintor paranaense chamado Miguel Bakun.

— Nunca ouvi falar.

— Nem eu, ninguém conhece, mas esse pintor é muito delicado e sutil, percebe nuances de cores do mar que é uma coisa bem difícil. Eu fiquei bastante tempo querendo copiar aquele quadrinho, acho que esse foi meu maior mestre. Na Escola onde eu e minha mãe trabalhávamos, tinha algumas professoras que me ensinaram, mais técnicas e nomes de pessoas, de tintas, coisas assim. Aprendi a usar os pincéis, a terebentina e a misturar os pigmentos. De resto, eu aprendi mesmo foi com livros de paisagistas ingleses e com a vida.

Flexor adotou-o como aluno. No colégio, ficou algum tempo no telhado da escola consertando goteiras. As freiras e os padres da igreja o tomaram como amigo. Chegou mesmo a frequentar um bar ali perto chamado Pipeta, onde os padres tomavam um vinho tinto enquanto Orfeu olhava as pessoas e tomava suco. Antes de acabar o trabalho da escola, uma mãe lhe contratou para fazer serviços de pintura em sua casa, a notícia se espalhou e Orfeu tinha praticamente três atividades: o trabalho fixo de auxiliar na escola, pintor de parede nos fins de semana e pintor de quadros à noite. O quarto que lhe reservaram na escola era muito pequeno e com o dinheirinho extra que ganhava alugou os fundos de um sobrado na Pamplona para servir de ateliê.

No final do semestre a madre superiora lhe pediu para raspar as manchas umedecidas da massa raspada nos corredores do pátio. No Rio, Orfeu conheceu muitas mulheres, mas poucas o empolgaram. Em São Paulo, ao prestar serviços de pintura, conheceu senhoras sofisticadas que se ofereciam para outras práticas. Vez por outra as tentações da carne se sobrepuseram às normas da ética. Sua mãe sofrera muito por causa desses convites. O dinheiro não lhe era importante e a arte o fascinava. As meninas do colégio eram bonitinhas ou charmosas, mas infantis, entendia suas brincadeiras consigo como criancice; isso foi até aquela manhã de junho, quando aquela menina passava sozinha e distraída pelo corredor e seus olhares se encontraram. Não se poderia dizer que foi a coisa mais linda que veio e passou. Talvez fosse uma encantatriz transcendente ou extraterrestre. Uma força brotou das profundezas do Hades, que Tifon ou Golem conceberam. Um não sabia o nome, a idade, a história, nada do outro. Um golpe de olhar e viram-se mortalmente atingidos pelas flechas do pequeno anjo. Ele em torno dos trinta anos, ela com a metade disso. Um preto do Rio de Janeiro, outra fruto cultural e social dos Jardins paulistanos. Orfeu ficou os dias subsequentes entre os corredores do colegial e a rua Caconde, onde nada acontecia. Ninguém saia às ruas, as cortinas não se abriam, as crianças não mais corriam pelas calçadas. "Ela olhou para mim como ninguém nesse mundo um dia me olhou. Será que é imaginação minha? Projeção? Será que uma colegial ingênua e tímida ia se interessar por um crioulinho pintor de parede? Nunca. Mas aconteceu! Ela é a mulher da minha vida, tenho a certeza. "É obra do diabo, nunca poderia dar certo. Quando o pai dela, algum figurão da indústria paulistana vai aceitar um merdinha como eu?" Mas mesmo com todas as razões e argumentos para desconfiar daquela visão alucinada, Orfeu continuava à tardinha e à noite a circular pela Caconde. Uma noite estava próximo das oito horas e acontecia o festival da Record de música. Blota Júnior anunciava os doze concorrentes daquela noite e numa casa grande, mas não sofisticada, com paredes ocres e pedras cinzas emoldurando as janelas venezianas verdes, noite em que iriam conhecer Caetano Veloso e Gilberto Gil, Maranhão, Taiguara, Rosinha de Valença e tantos outros, Orfeu olhou através das cortinas de *voil* e viu aqueles olhos escondidos muito além das distorções do vidro irregular. Viu seu cabelo preso com uma grande fita, quando um raio atravessou a distância e Maria sentiu naquele instante que alguém, ou melhor, um certo alguém estava na sua janela. Correu para abrir a cortina, só viu um vulto sem características mínimas para dizer quem era, mas ela sabia e ele soube naquele momento pois seu coração parecia sair pela boca. Maria disse:

— Tem um amigo aí fora que quer falar comigo. Já volto. — A mãe protestou que deveria pegar um agasalho, o pai fez cara de preocupado. Nazinha logo adivinhou, José sentiu o ciúme atravessar sua medula e queria chorar, mas sabia que não devia e as lágrimas correram mudas pela sua face. Maria pegou uma blusinha de Ban-lon no espaldar da poltrona e saiu correndo.

— Oi — um simples gesto vocal, um nada de conteúdo suficiente para que até os pássaros dormentes, até o motorneiro do bonde que àquela hora subia a Pamplona, percebessem que aquilo queria dizer: "eu sou sua". Ao que Orfeu respondeu com o mesmo monossílabo e os mesmos conteúdos.

— Eu me chamo Orfeu Andrade.

— Eu, Maria.

— Eu moro na escola, mas tenho na Pamplona um ateliê. No número 1315 fundos. Vou pra lá depois das seis.

— Segunda-feira eu vou lá — Maria tremia, mal conseguiu articular as palavras, seria uma coisa perigosa? Indecorosa? Nunca tinha ido à casa de um rapaz na vida e iria agora na casa de um homem de trinta anos, preto e pintor, de quem nada sabia a não ser o nome? Que força estranha a impulsionava a esse encontro. Sabia que ele percorrera aquelas calçadas inúmeras vezes tentando encontrá-la. Não poderia perguntar a ninguém, não podia procurá-lo acintosamente na escola. A única chance era um encontro casual. Orfeu o provocou. Na rua escura, numa casa barulhenta de gente jovem se aglomerando em torno de uma bela moça para acompanhar um festival de música, exatamente no instante em que ele passava por ali ela havia se levantado para pegar um Drink Dreher para alguém que se acomodava nas almofadas do chão, sobre o tapete Santa Helena para ver na TV branco e preto Sônia Ribeiro anunciar as músicas que mudariam suas vidas.

Na segunda-feira seguinte, dia 23 de outubro, Orfeu pediu para sair um pouco mais cedo. Tinha chegado antes prevendo o compromisso. Às cinco, o ateliê estava todo arrumado. Abastecido com refrigerante, cerveja, água, café, chá. Trocou as almofadas, limpou o banheiro, colocou papel higiênico, comprou um sabonete Phebo preto e um perfume de ambiente. Queimou um pires de álcool para tirar o cheiro de mofo, organizou seus melhores quadros, tomou banho, engraxou os sapatos e vestiu uma camisa de botão. Às seis e alguns minutos tocou a campainha, Orfeu abriu a porta, estava frio. Maria vestia uma malha grossa de linha com tranças, tinha o cabelo solto e usava uma saia cinza com duas pregas. Um sapato de saltinho preto e um cinto largo. Uma correntinha no pescoço e brincos de orelha furada dourados. Orfeu tremendo abriu a porta, ela entrou, e quando Orfeu se voltou para ela após fechar com duas voltas a chave, Maria tirava a malha e expunha seus seios pequenos e firmes sem marcas de sol, lisos como plumas. Nada puderam fazer a não ser se abraçarem e se beijarem intensamente. Antes que Orfeu tirasse sua camisa, Maria já expunha seu corpo nu sobre as almofadas. Se dissermos que fizeram amor, equipararíamos aquilo com o que ela havia feito com Luizinho e ele com tantas garotas da Urca. Não, aquilo foi outra coisa. Aquilo foi um momento em que os humanos se tornam deuses, em que o tempo para seu curso e as estrelas cessam seu inesgotável giro pelos polos celestes. Nunca mais sentiriam aquilo que sentiram naquela tarde. Quantos mortais teriam aquela experiência? Os deuses desceram do Olimpo para vê-los. Os trens pararam, as nuvens enrijeceram e o sol não pôde raiar no oriental sem se deter para não interromper aquele momento. Maria e Orfeu não juraram nada, não planejaram nada, suas vidas já tinham sido planejadas desde sempre para que aquele momento ocorresse. Não eram necessárias palavras, gestos ou sinais. Os mistérios do universo estavam desvelados.

A noite chegou e Maria precisava ir. Passava das oito, o jantar já acontecia, o Jornal Nacional encerrado, no Sangue e Areia Tarcísio Meira e Glória Menezes andavam pelas touradas de Madrid.

— Eu realmente não posso ficar.
— Mas querida, está frio lá fora.
— I've got to go away.
— But, baby, it's cold outside. — Cantando entre abraços e beijinhos sem ter fim, mas no fim Maria levou a chave.

Ninguém perguntou o que havia acontecido e ela não precisou mentir. Jantou na cozinha com Nazinha ao lado querendo saber tudo, mas Maria nada falou, era um momento seu.

— Nossa, que paixão! — Maria esboçou um sorriso. Maria ficou como um zumbi, fingindo ver a novela antes de subir para se deitar. Nazinha foi atrás a procura de uma pista, sem sucesso.

A madrugada fria desceu sobre os baixios do Jardim Paulista, a névoa úmida cobriu os paralelepípedos com uma camada brilhante, refletindo as lâmpadas azuladas de mercúrio bruxuleando a noite. O guarda noturno assobiou, pé ante pé Maria pulou o portão para que a ferrugem não a denunciasse. Tremendo de emoção seus passos com sapato de saltinho ressoavam no cimento liso que vira há pouco tempo ser concretado por uma betoneira na traseira de um caminhão e depois alisado, e um grande rolo de ferro decalcando no cimento pontilhados que evitavam escorregar na lisura molhada. Acendia a colina contra um ou outro farol descendente na regularidade úmida até a porta que se abriu para o amor. Sentaram-se frente a frente e contaram suas vidas.

Nazinha se revirava na cama de aflição e inveja. Guardou pela janela o silêncio da noite. Antes do galo cantar Maria chegou no mesmo silêncio que saíra.

Aquele ano passou rápido, houve um happening na Rex Gallery and Songs, Orfeu insistiu que Maria fosse. Ela levou a irmã para conhecer o cunhado. O entendimento foi imediato. Padeceram dos mesmos preconceitos, viveram em meios diferentes de suas origens, amavam loucamente Maria e partilhavam do gosto pelas artes.

— Que loucura! Estão distribuindo tudo que a galeria tinha? — espantou-se Nazinha.

— Não é só uma galeria que está acabando, é uma era. Nós ficamos velhos muito depressa —respondeu Orfeu. — Vivemos tempos loucos!

— Eu tenho a nítida sensação de que a Terra está girando mais rápido que o normal! — acrescentou Maria.

— Eu fico muito feliz! É fascinante viver tempos assim — disse Nazinha.

— Mas é triste ver um mundo se acabar.

— Maria, não seja tão melancólica. Olhe pro mundo que nasce, não pro que se vai.

— Eu olho pros dois.

A beleza e o charme de Orfeu perturbaram Nazinha. Ligou para Carmem e foram ao Flamingo para um Choco l'amour.

— A Maria sempre foi tão boazinha, tão comportada, como isso foi acontecer? Não acredito! Você que é irmã dela, você sabia?

— Não! Fiquei sabendo depois de você. Arranquei a fórceps. Ela está completamente apaixonada, faz coisas incríveis. A noite ela pula o portão e vai ao ateliê dele e ficam *in love* até de madrugada. Imagina o perigo! Uma moça sozinha andando pelas ruas à noite! Estou muito preocupada.

— Você falou com D. Conceição?

— Não! A Maria me mata. Até o José já percebeu qualquer coisa, ele anda ciumento. Você sabe, ele é completamente apaixonado pela irmã. Agora evita ela, fica resmungando, não quer fazer as lições. O que a gente pode fazer?

— Eu acho que você deveria falar com a sua mãe.

— Eu conheço o padre, meu irmão estuda no Santa Cruz, vou falar com ele.

— Se a Maria souber, vai ficar uma fera.

Depois das provas finais, a diretora chamou seu Mário e dona Conceição para tratar da matrícula. Maria foi junto.

— Maria, o que lhe deu na cabeça?

— Como assim, madre, minhas notas não foram boas?

— Foram, mas você sempre foi boa aluna, comportada. Fiquei sabendo de uma coisa muito feia. Estou muito decepcionada com você! — Maria enrubesceu. Quem será que espalhou? Carmem ou Nazinha? Alguém falou com outro alguém e agora todos sabiam.

— O que aconteceu, madre? — Perguntou Sr. Mário.
— Essa menina, sua filha, andou de namorico com um funcionário da escola. Um serviçal preto, bem mais velho que ela. Me diga se não é verdade, menina.
— É verdade.
— Você não tem vergonha? — Interveio a mãe.
— Não, não tenho nenhuma vergonha.
— Mas com um preto?
— Mestiço, mãe. Como eu, você e a madre somos. Apenas o gene da pele branca é recessivo nele e dominante em nós.
— Deixa dessa bobagem, menina! Você pensa que somos imbecis? — gritou a madre com ódio.
— Se a senhora não entende esse processo simples da ciência, então acho mesmo.
— Achei que poderia colocar alguma coisa boa na sua cabeça, mas vejo que você está dominada pelo diabo. Se entregar ainda virgem pra um rapazola que é um Zé Ninguém? Isso não tem cabimento. O que vai ser de você agora? Quem vai querer se casar com você? Vai ser uma solteirona? Acho melhor você entrar num convento.
— E me tornar uma idiota como a senhora?
— Você está expulsa da escola, nunca mais ponha os pés aqui, nem aqui nem na igreja. Todo mundo já sabe da sua história. O rapaz já foi despedido. Estamos pensando se abrimos um processo contra ele, só nos preocupa a repercussão que isso pode ter pra escola.
— Se abrir um processo contra ele por abuso, vão perder, pois fui eu que me entreguei e teria me entregue novamente. Foi a melhor coisa que me aconteceu. Cuido do meu irmão desde pequena, só tive um namorado na vida. Não vai ser condenado nem no tribunal dos homens nem no tribunal de Deus. O que nos ligou foi amor, a senhora sabe o que é isso? AMOR! Foi o amor que nos fez nascer.

— Seus pais eram casados na igreja com a benção de Deus, aquilo sim é amor, isso é luxúria, é devassidão, é pecar contra a castidade. Vocês dois vão pro inferno.

— A senhora nunca vai entender o que é amor, não é Deus quem determina quem será amado por quem, existe o livre arbítrio. Orfeu e eu nos olhamos uma vez e nos apaixonamos. Espero que um dia todos vocês se apaixonem. O José é o único, além de mim, que já se apaixonou por alguém. O José por mim, eu pelo Orfeu, e espero passar a vida apaixonada por ele. Adeus, senhora madre. Deixe meus documentos com meus pais, que eu não quero ficar mais um minuto nesse antro do demônio, Radamanto.

— O quê? Ponha-se pra fora, menina. Rua.

Maria se trancou no quarto, pensou em Orfeu e amou, amou muito mais do que devia amar. E chorou ao sentir que iria sofrer e se desesperar. Correram as lágrimas da maturidade, a ira contra a injustiça, a revolta contra a vida que tudo nos dá e que também nos tira. Ódio da Carmem e da Nazinha que foram espalhar, ódio da vida por amar alguém tão lindo e tão errado. "Que culpa ele tem de ser pobre, preto e não ter família? Que culpa tenho eu de não ter uma família certinha? Eles pensam que eu poderia me casar, como alguém como a Carmem, não posso, meu pai é um jogador, meu irmão é autista e todo mundo vai pensar que isso é de família e não vão querer um neto assim. Não sabem a pessoa maravilhosa que é o José. O Décio seria perfeito pra mim, não é mamãe? O Décio fica raspando a perna na minha embaixo da mesa. Ele faria qualquer coisa pra me comer. Ah sim, ele é rico, médico, ele pode fazer qualquer coisa. Mas o Orfeu é preto. Ele não pode nada. Nem ser amado por mim".

José ouviu a irmã chorando e foi até junto dela e começou a chorar também.

— Você é o único que me entende, José. Por isso que eu também te amo tanto.

— Ma, não chora, Ma. José fica triste, Ma. Não chora.

Maria parou de chorar, pegou o caderno de desenho e começou a desenhar. Abriu a caixa de lápis, a aquarela e o guache. Rasgou uma página para si e deixou o caderno com José. Com tinta vermelha escreveu no topo da folha:

Manhã tão bonita, manhã,
Na vida uma nova canção,
Cantando só teus olhos,
Teu riso tuas mãos
Pois há de haver um dia em que virás.
Das cordas do meu violão
Que só teu amor procurou,
Vem uma voz
Falar dos beijos perdidos
Nos lábios teus.

Enquanto Maria cantarolava a música de Antônio Maria, José pegou seu caderno e escreveu

"MA AMA MA AMA MA" e repetiu logo abaixo, com outra cor a mesma frase de cabeça para baixo. Quando o desenho terminou, Maria reconheceu uma obra de arte belíssima, talvez tenha visto alguma coisa do Cy Twombly. Mistério!

Maria voltou a chorar e José, triste, olhou com os olhos úmidos o rosto da irmã.

— Agora não choro de tristeza, querido, choro com a beleza do seu trabalho. Emoção estética. Sabe o que é isso? Você é um gênio, meu irmão, e só nós dois sabemos disso.

Os pais chegaram mudos e se trancaram no quarto. A casa mergulhou em trevas ao som da chuva que caía.

A campainha tocou. Nazinha saiu na janela e gritou:

— Maria! É ele. — Dona Conceição saiu como uma fera do quarto e foi correndo gritando:

— Fora daqui rapaz! Fora! — Atrás dela vinha Sr. Mário silenciosamente aquiescendo. Maria passou a jato pelos dois, quase derrubando todos escada abaixo e correu para o portão.

Abriu a porta e como o São Gabriel da Igreja de Reims abriu o braço esquerdo para que o convidado entrasse. Ele trazia um guarda-chuva roto e um embrulho amassado, fixado com um barbante apertado que fazia uma alça. Maria olhou para a mãe com ar severo e disse:

— Esta é também minha casa, não vamos ficar na chuva, ele é meu convidado e ele vai entrar.

— Fique tranquila, só vim mesmo deixar um presente pro José. Não precisa se incomodar.

— Entre, por favor.

— Não precisa. — Sr. Mário interveio:

— Por favor, qualquer convidado de minha filha é bem-vindo na minha casa, tenha a bondade.

— Mas Mário?

— Você quer sua filha morando conosco ou não? — D. Conceição se calou, sem alterar o semblante.

— Sente-se na varanda que a Nazinha vai lhes trazer um café.

— Eu mesmo vou passar um café fresquinho — disse d. Conceição — Quer um copo d'água? — Com o mais carinhoso e cordato sorriso, Orfeu aceitou. "Mas é preciso que o José venha até aqui", acrescentou. José, que acompanhava tudo pelo vão da escada, desceu num raio.

— Abra, é pra você. — José arrebentou o papel sem conseguir tirar o barbante. Maria e Orfeu encostaram as mãos tentando tirar os nós do embrulho: uma Olivetti Lettera 32 portátil. Maria foi pegar uma folha de papel e montar para José.

— Aperte as letras que você já sabe e as palavras vão surgir no papel. Vamos, começa com J, essa aqui. — José apertou o M e o A e alternadamente escreveu sua frase predileta. Maria tirou a folha para que ele visse sua obra. Ele olhou sério e viu que havia trocado uma letra. Pôs novamente o papel, agora sozinho, e escreveu certo. No fim, assinou a letra J, tirou o papel e deu para Orfeu. Abraçou com toda a extensão dos braços e encostou o rosto no peito da visita.

Ninguém falou nem se mexeu por uns dois minutos. Olhos ficaram mareados. Então José falou:

— Fica aqui.

— Não posso. Eu também tenho uma mamãe pra olhar. Minha mãe ganhou um apartamento só dela. Pela primeira vez ela tem uma casa pra nós dois. É na avenida Nossa Senhora de Copacabana, perto da Paula Freitas, depois mando o número exato. Ela está com muitas saudades de mim e eu dela.

José chorou, por si e por Maria, também pelas agruras da vida e as barreiras do amor.

— José, não há nada mais lindo e gostoso do que a vida. Às vezes pode parecer difícil uma situação, uma despedida, mas quem ama e vive não se despede de ninguém, a gente só guarda em outro lugar do coração. É como se a gente fosse mudar de casa. Minha mamãe acabou de mudar. A Urca onde eu nasci é um lugar tranquilo e silencioso, agora vou pra um bairro cheio de gente e barulhento. Vamos estranhar, mas nunca mais vamos correr o risco de ter que dormir na rua. Então que se dane o barulho, isso é ótimo. Eu vou embora e toda vez que você tiver saudades de mim você pode escrever uma carta. Você sabe pôr no envelope. Então eu vou saber que você lembrou de mim, que eu sou importante pra você. Você já é muito importante pra mim. Eu juro que nunca mais vou me esquecer de você.

— Eu não vou aceitar essa condição assim tão facilmente não — afirmou Maria, — vou lutar pra te encontrar.

— Eu prometo que te escrevo assim que chegar lá. Nós vamos nos encontrar muito em breve. — Sem mais nenhum aperto de mão ou olhar, Orfeu se virou e caminhou em direção ao bonde.

Maria e José ficaram no portão até que ele passasse, não o viram, perceberam que uma página da vida estava virada.

Maria não quis fazer o terceiro colegial no Alfredo Pucca, uma escola fraca, que as pessoas faziam para se concentrar no vestibular. Dona Conceição e Seu Mário não tinham exigências. Nenhum dos dois fez faculdade e uma mulher não precisa mesmo estudar. Maria precisava sair logo de casa. Pensou em fazer um curso de técnica em secretariado, com o segundo colegial completo poderia ser dispensada de uma série de matérias e em dois anos se formaria. Havia emprego fácil para quem saísse formado. Poderia dispensar um tempo com José. Soube que havia uma escolinha na Bienal para crianças. A princípio não receberiam nem adolescentes nem pessoas com problemas, Maria argumentou:

— O que fazemos com uma criança assim? Põe num reformatório? Numa instituição? Ele tem talento. Vocês não receberiam o Van Gogh aqui? E o Cézanne também não? O Rothko e quantos mais? Olha o desenho que ele fez. Você conhece o Cy Twombly? Não, conhece o Rauschenberg? Então veja esses artistas e compare com o desenho do José, depois me conta. Quinta-feira à tarde nós estaremos aqui. Se não for possível incluí-lo na escolinha, vão ter que dizer isso pra ele.

Quinta-feira havia um lugar à espera de José. Ele estava elegante, vestido com sua melhor roupa e foram de ônibus. Algumas pessoas foram reclamar da presença de José no grupo. Maria não movimentou um dedo. Vieram lhe perguntar se ela era a mãe da criança, disse sim. Veio o coordenador informar que havia discordâncias e se ela podia se manifestar.

— É a primeira aula, não sabemos o que vai acontecer. Na arte nada funciona na cabeça, funciona no papel. Vamos experimentar. Arte não é isso? Experiência?

Ao final da aula todos estavam encantados com José. "Todos" inclui professores, colegas, mães e coordenador. Maria ficou orgulhosa, mas preferiu não demonstrar. Saíram ainda dia claro e foram tomar um Kibon da barraquinha do lado oposto do lago.

— José, você fez uma coisa muito bonita hoje na aula. Se quiser fazer essas coisas em casa eu posso comprar material pra você.

— Ma, ama Ma.

Andaram pelo parque até anoitecer. Prosseguiram pelas ruas internas. José não conhecia aquele pedaço da cidade. Olhava cada árvore, cada casa, cada carro. Chegaram em casa, os pais estavam preocupados. Jantaram na cozinha e Nazinha contou as novidades.

— Chegou carta do Orfeu pra você. — Maria abriu na hora e pegou o endereço. Estava estudando no MAM com a Fayga e adorando. Arrumou emprego na galeria Ipanema. Não saía a não ser para jogar vôlei na praia à tardinha e estava fazendo uns desenhos com as fotos que tinha de Maria. Contou que conhecer Maria mudou a vida dele e, depois, conhecer José mudou ainda mais. Só pensava em poder ganhar dinheiro e levar eles dois para o Rio. Mandou beijos para a Nazinha e deu o telefone da galeria. Encontrava ele lá nas sextas e sábados de manhã. Sentia saudades e convidou-os para irem ao Rio. Maria ligou na sexta, não conseguiu falar, ligou no sábado. Combinaram que iriam no verão.

O Natal foi como são todos os natais, o Réveillon como são os réveillons das famílias dos Jardins e o verão foi abrasador. Maria se inscreveu no curso de secretariado na rua Caio Prado e começou a pensar em emprego. Voltaram de Itanhaém e, apesar de muitos terem dançado com Maria, outros tantos terem namorado Nazinha, as férias foram chatas. O fim de janeiro abafado e modorrento, José desenhava dia e noite, Maria ia na Casa do Artista na Major Sertório comprar material. As aulas voltaram na Bienal, Maria foi com José de ônibus e voltaria a pé. A chamaram para falar com a direção. Maria estremeceu. Nova demanda? Será que José não poderia continuar? Ele estava gostando tanto, tinha feito uma diferença em seu comportamento, nunca o tinha visto tão feliz, e ela também. "Não posso ter meu amor, ao menos tenho meu irmão para ajudar." Pensou em todos os argumentos.

— Olá! — O coordenador do curso logo se levantou. Um homem da idade do Orfeu, sorridente e alegre. — Que prazer ter vocês aqui! Estava louco pra conhecê-los.

— Nos já nos conhecíamos, o senhor é que não prestou atenção em nós.

— É verdade, sou um idiota. Fico aqui correndo de um lado pro outro e não presto atenção nas coisas mais importantes. Eu chamei vocês aqui porque vi os desenhos do José e fiquei encantado. Então levei pra reunião do conselho e todos, TODOS adoraram, foi um sucesso. Queremos conhecer vocês melhor, o conselho também. Se vocês puderem, eu gostaria de marcar amanhã, um encontro com alguns conselheiros da Bienal. Uma reunião informal, nada especial. Quem deu a ideia de trazer o José aqui?

— Bem, tinha um rapaz na escola que era meio artista e se encantou com o trabalho do José. Ele se chama Orfeu de Andrade. Agora está no Rio.

— Eu sei quem é. Ele é muito bom, você sabia? Faz um trabalho incrível, o Vergara quer fazer uma exposição conjunta com ele lá. Agora em março. — Maria enrubesceu novamente. O coordenador notou.

— Meus parabéns, vocês começaram com as pessoas certas. Podem vir amanhã?

— Não sei, vou perguntar pros meus pais.

Maria estava nas nuvens, não só por José, mas principalmente por seu amor carioca. "Ele conseguiu!" Depois da aula, andando em torno do lago em direção à barraquinha da Kibon, as lágrimas vagavam pelas suas bochechas. Pensava no apartamento da Pamplona, na troca de olhar, nas noites fugidias. "Incrível, há um ano eu era uma menina me escondendo pelos cantos, agora sou uma mulher. Peguei as rédeas do meu irmão e o fiz um homem, do servente da escola, um artista. Posso ter o céu, e o céu pra mim é o Orfeu".

Na sexta-feira, conheceu muita gente importante, marchands, teóricos, professores. Conversou com o Flávio Mota, com a Giselda e o Isai Leiner, o Mario Cravo, Bratke, a Tomie Ohtake, e tantos outros. Maria tomou uns Liebfraumilch. Uma jovem pegou o José e ficou com ele o tempo todo. Um senhor veio conversar com Maria.

— O que você faz?
— Estudo.
— Colegial?
— É, agora estou no secretariado. Entrei agora, fiz até o segundo colegial, mas preciso trabalhar.
— Está procurando emprego? Mora onde? Você tem carta? Não tem 18 ainda? Incrível, você é uma menina tão madura! Quer experimentar trabalhar comigo? Só que é lá pros lados de Santo Amaro.
— Não sei, trabalho de quê?
— Secretária.
— Eu não tenho experiência. Como eu faço?
— Segunda-feira mando te buscar, escreve aqui seu endereço, meu motorista vai te buscar às 8 horas, está bem pra você?
— Sim, e aí?
— A gente trabalha uma semana ou duas, se você se der bem, podemos te contratar.
— Eu não sei nem o seu nome.
— Desculpe, me chamo Luiz. — Maria ficou branca. Claro que ela conhecia a indústria e sabia que ele era o diretor. Um homem importante, patrocinador de arte e iria contratá-la a troco de nada?

— A principal coisa que uma pessoa tem que ter é sensibilidade. Você pegou um garoto que era dado com anormal, inútil e fez dele um artista. Isso é incrível. É gente assim que eu preciso pra trabalhar comigo. Ainda por cima é linda. Estou entusiasmado.

Sábado de manhã ligou para Orfeu, contou todas as novidades e ouviu outras tantas. Mal conseguia ouvir o que ele dizia, a ligação estava péssima. Sentou e escreveu uma carta, longa e melancólica.

Lauro e Leda

São Paulo não pode parar. As máquinas desceram o espigão da Paulista para transformar as bucólicas e agradáveis casas em estilo híbrido com influências mexicanas e alhures em horrendas torres revestidas de pastilhas de cerâmica e caixilhos de alumínio de carregação. A febre especulativa destelhou o abrigo das histórias da família, as emoções de cada um. O quintal com galinheiro, horta e pomar e o canto dos galos foram soterrados por garagens cinzentas e fumaça mortal. As lembranças dobraram a esquina e se instalaram num prédio na alameda Campinas que queria se passar por um palácio do Vale do Loire. O Le Nôtre caipira abusou dos buchinhos, das tuias e tornou os recuos em pantomima em tamanho reduzido de castelos alucinados.

A tristeza que não tem fim se chama melancolia. Aristóteles a definiu como a interminável tristeza própria dos inteligentes. Na gravura A Melancolia 1, de Dürer, há dois sóis. Enquanto um se põe no horizonte, outro nasce e ilumina a perna esquerda do anjo. O quadrado mágico, seja como for que se faz a soma, na horizontal, na vertical ou diagonal, o resultado é sempre o mesmo 34. A ampulheta estacionada no meio das duas âmbulas. Um tipo de loucura sem febre, tendo como companheiro o temor e a tristeza sem nenhuma razão aparente. Os grandes prédios projetavam sombras imensas, o sol se tornou lúgubre, ocupado pelas sombras, e as noites insones pelo brilho dos letreiros que esconderam a luz das estrelas entre antenas de TV. Imperceptivelmente os dois sóis ocuparam a cidade, os apartamentos e os pequenos quartos dos que estão só. A melancolia se instalou no sétimo andar da alameda Campinas e se espalhou pelo quarto de Nazinha que permaneceu montado e finamente decorado, só não contava com ela. Os meninos dividiram um dormitório amplo e Maria dormia só. Os pais ocuparam a suíte imensa e os dois quartos de empregadas se transformaram no estúdio de José e oficina de Augusto. Maria ocupava o escritório que tinha acesso direto ao hall. Pomposo, de gosto duvidoso e de baixa qualidade, os frisos dourados não encantaram Maria, mas não a incomodaram por um tempo. Sua ocupação se concentrava em casa. Lia todos os jornais, revistas Art in America, Graphis, Domus, Summa Nueva Visión, Aut Aut, Malasartes, Ottagono e Architecture d'aujourd'hui. Recolher informações sobre arte, literatura, design e arquitetura para produzir uma sinopse semanal com argumentos e sugestões próprias. Ir a algumas reuniões e nas sextas-feiras ir à indústria entregar pessoalmente a sinopse e se reunir com o chefe. Normalmente ele estava viajando e ela transmitia à secretária de lá. Conversava com alguns diretores e frequentemente almoçava com os colegas. Domingo, portanto, era um dia de muito trabalho. Só o Estadão e o Jornal do Brasil, mesmo com todos os trechos de Os Lusíadas substituindo o noticiário, sobrava ainda muita coisa para Maria ler. Ela poderia fazer seu trabalho na mesa da copa, tomando café da manhã, ou na sala, ou ainda no seu escritório, mas naquela manhã fria de junho, o sol banhava os jardins bizarros do prédio, e Maria foi se sentar num banco de ferro, que raramente era ocupado por algum servente e nunca por nenhum morador. No meio do Jornal do Brasil, uma pequena nota chamou-lhe a atenção. "Atelier de artista consagrado, usado como aparelho terrorista, é estourado pelas forças de segurança". O casarão que Orfeu alugou na praça da República, no centro do Rio, havia sido invadido e lá foram encontrados vestígios de materiais para confecção de bombas, equipamento hospitalar roubado do Miguel Couto, drogas e material pornográfico. "A fachada era um estúdio do artista plástico Orfeu Andrade do grupo concretista carioca, com nome consagrado em exposições, museus e galerias de todo o Brasil. O artista foi levado para o quartel do Para-Sar do brigadeiro Burnier". Maria entrou em pânico. As lágrimas brotaram descompassadas. Pensou em ligar para seu chefe, lembrou-se que estava no exterior. "Segunda-feira talvez". A quem contar? Quem poderia ajudar? Ficou atarantada sem saber o que fazer.

— Oi!
— Você estava chorando?
— Sim... notícias ruins.
— Você mora aqui?
— No sétimo andar, você também?
— É, agora estou morando. Mudei há pouco, não conheço ninguém e é a primeira vez que vejo algum morador no jardim.
— É, o pessoal aqui fica trancado em casa, nem sai na janela.
— Eu reparei isso. Como você se chama?
— Maria, e você?
— Leda. Você é casada?
— Não! Longe disso!
— Não gosta de homem?
— Gosto do homem errado.
— Isso é terrível! Conta pra mim.

Leda era de Brasília, na verdade de Goiás, depois de 60 seus pais mudaram para o Plano Piloto. Jogava tênis, não profissionalmente, mas disputou campeonatos brasileiros. Seu pai trabalhava no governo. Agora era da diretoria da Itaipu multinacional. Conheceu seu marido através dele. Lauro, engenheiro eletricista, prestava serviço em Itaipu. Compraram um apartamento na rua Fernão Cardim e, durante a reforma, vieram morar no apartamento do pai, que pouco ocupava. O marido era divertido, alegre e bonito. Passava mais tempo em Foz do Iguaçu que com ela. Leda se sentia só, não tinha amigos, tinha cabelos castanhos, curtos, muito bonita, traços delicados e musculatura rígida, olhos cor de mel, alegres e sinceros.

— Nossa! — disse Leda — Acho que foi seu anjo da guarda que me mandou falar com você. Já fiz isso muitas vezes, meu pai conhece todo mundo em Brasília e tem muito prestígio por lá. Vou falar com ele. Mas você vem comer uma pizza comigo hoje à noite. Estou sozinha!

Maria entrou no elevador quando passava um pouco das sete. A cobertura era enorme, cafona e desconfortável, projetada por alguém que não conhece nada de arte, de história do mobiliário e das noções elementares de composição.

— Não achei meu pai ainda, mas fique tranquila que ele vai dar um jeito.

— Eu não consegui fazer nada hoje, só pensava no Orfeu. Ele deve estar sofrendo. — Leda a abraçou, acariciou seus cabelos e a consolou. Depois deu um beijo no seu rosto e disse:

— Vamos espairecer um pouco. Você bebe alguma coisa?

— Normalmente não, mas hoje tomo um copo de vinho. — Leda abriu um Frascati, pediu uma pizza do Camelo e perguntou tudo que pôde para Maria. Essa, que não era de muito falar, sentiu-se acolhida e contou todas as aventuras e muito mais. Leda participava, se interessava e dava sua opinião, retribuía suas experiências e no final da noite já eram as melhores amigas.

— E o seu marido? É legal?

— Muito, você vai gostar dele. E acho que ele vai gostar de você. Você faz o tipo dele.

— Não estou perguntando nesse sentido.

— Eu sei, mas nesse sentido também ele vai gostar. Sabe, ele é meio galinha. Gosta de umas coisas estranhas como ménage à trois.

— E você?

— Sabe, no começo eu achava meio estranho, ficava inibida, mas depois aprendi a gostar. Acho legal. Você já fez?

— Fiz ménage à deux. Durante a adolescência com o Luizinho e depois com o Orfeu.

— Você já esteve com mulher?

— Imagina! Nunca. Nem vou ter... não...

— Você é mais velha que eu, mas eu acho que a gente muda muito na vida.

— Nem tanto assim. — Leda deu de ombros.

— Olha, Maria, eu gostei muito de você, viu. Tenho certeza de que meu pai vai dar um jeito. Tomei nota de tudo aqui e assim que souber alguma coisa eu te ligo. — O beijo no rosto de Leda quase chegou à pontinha dos lábios de Maria, ela enrubesceu. Dormiu sob efeito do álcool e do beijo.

— Olha, meu pai me ligou agora cedo. Ele está no Para-Sar. Eles lá são muito violentos. Ele falou com um coronel e vai conseguir tirar ele de lá.

— E ele está bem?

— Bem, ele está vivo. Acho que apanhou um pouco, mas agora saiu da sala. A gente vai dar um jeito. Juro! Meu pai já tirou muita gente. Ele só precisa colaborar um pouquinho.

— Você é um amor. Muito obrigada. Se não fosse você eu não saberia o que fazer. Faço qualquer coisa pra te agradecer. Obrigada mesmo...

Maria não comentou com mais ninguém sobre Orfeu. Talvez se Nazinha estivesse lá ela teria comentado, mas aprendera a lição. Só tinha Leda para dividir suas aflições. Lia todos os jornais diariamente, via o jornal Nacional e esperava que o Cid Moreira lhe desse informações que jamais daria. À noite assistiam juntas o jornal das 10 e tomavam vinho. Quando o feriado de Finados se aproximava, o pai de Leda trouxe novas notícias. Iria para uma prisão especial, onde seria bem tratado e não iria mais sofrer violência. Teria que ficar mais um tempinho até as coisas melhorarem, depois garantiram que não seria condenado.

Lauro chegou numa sexta e queria conhecer Maria. Prepararam um jantar francês. Champagne Don Pérignon, vinho Beaujolais e comida do Patachou, uma rotisseria na rua Caconde.

Lauro era um cara bonito. Já o conhecia de vista, jogava polo aquático no Pinheiros junto com o Polé, quando entrou na Poli passara a chamar a dupla de Poli e Polé. Era alto, forte, cabelos lisos e pretos, olhos grandes e distantes, nariz aquilino e traços firmes. Ele também conhecia Maria de vista, se bem que a dupla preferida do clube não precisava ir atrás de mulheres, Maria era uma exceção que chegou a ser cantada por eles sem dar resposta.

— Finalmente essa linda mulher vai atender ao apito tão aflito da buzina do meu carro! A gente já tinha se visto no clube, tentei cantá-la, mas ela não respondeu.

— Você ficou com bronca dela?

— Não! Imagina ter bronca de uma gata como a Maria. Todo mundo no clube queria paquerá-la, mas ela é uma mulher muito difícil.

— Não! Não sou, nem era difícil, só não estava interessada em meninos naquela época.

— Por quê? Gostava de meninas?

— Não! Eu estava decepcionada com o amor, só isso.

— Quando a Leda falou de você, sonhei que fosse a menina solitária do Pinheiros.

— É assim que me chamavam?

— Que bom que vocês se gostaram! — interrompeu Leda, puxando Maria para si, já estou ficando com ciúmes.

— Tenho uma ótima notícia pra você: o Orfeu saiu do quartel do Para-Sar e foi pra Polícia Federal. Isso significa que está livre daqueles brucutus. Acho que vai ficar algum tempo na jaula, mas depois vai sair inteiro. Leda aproveitou para abraçar forte

Maria e dar um beijo nos lábios, Maria estranhou, mas antes que pudesse respirar, era Lauro quem a beijava. "Meu Deus, o que esse pessoal quer comigo".

— Olha, queridos, sou muito grata a vocês por isso e tudo. Adoro a Leda e já gosto de você, Lauro, mas não quero ser beijada na boca.

— Que caretice, Maria! Somos amigos, não é? Que mal tem um selinho num momento de emoção?

— Tudo bem, mas isso não foi um selinho! Só em momentos de emoção, ok?

— Ok, Maria, eu perdi a cabeça, nunca imaginei que um dia iria ter você tão perto de mim. Sonhei com você boa parte da minha adolescência.

— Fico lisonjeada, é claro que eu achava você o máximo, ainda mais quando soube que entrou na Poli. Mas agora estamos grandinhos, não é? Leda, você não se importa que seu marido me beije?

— Não, me excita até! Nós temos uma relação aberta.

— Ok, mas eu estou fechada pra isso.

Passado o incidente da chegada, o restante da noite foi alegre e divertido, mas na saída os dois, cada um ao seu tempo, roubaram-lhe outro beijo. Maria achou estranho, mas ficou bem excitada também.

Os jantares se tornaram regulares. Lauro passou a voltar mais constantemente nos finais de semana e aqueles beijos na entrada e na saída se tornaram habituais, as indiretas vindas do casal não cessaram, mas Maria contornou com elegância. Passados uns três meses que se conheciam, Lauro ligou para Maria numa sexta de manhã.

— Você vai ter muito trabalho hoje?

— Sim, é o dia em que vou pra fábrica me reunir com o meu patrão.

— A que horas você sai?
— Lá pelas cinco. Por quê?
— Eu queria te apresentar um amigo meu, um canadense que trabalha em Itaipu, eu falei de você pra ele e ele ficou muito entusiasmado. Mostrei fotos e tudo. Posso te pegar lá?
— Ok, e onde vamos encontrá-lo?
— Não sei, vou combinar com ele e depois te conto. Eu sei onde você trabalha. No portão principal pra avenida Interlagos, às 5 e 15, ok?
— Ok, vou me arrumar melhor, então. Até. Beijos.

O chefe não estava, mostrou seus relatórios para a secretária dele, conversaram um pouco e não tinha mais o que fazer, teria que ficar fazendo hora até às cinco. Na fábrica não lhe faltou companhia. Muitos homens vieram assediá-la enquanto esperava. Conheceu muitas áreas da fábrica que nunca conhecera e vários homes bonitos ou feios, interessantes ou bobos. Às cinco, saiu pelo portão e Lauro já estava lá com sua Caravan prata. Assim que Maria entrou no carro, Lauro deu-lhe um beijo longo e profundo. Maria retribuiu. Foram para o Swing Motel e lá ficaram até as oito. Fazia muito tempo desde a última noite com Orfeu.

— Bela surpresa, mas o canadense existe mesmo?
— O pior é que sim, agora ele deve estar chegando lá em casa. Acho que a Leda estava a fim dele e preparou esse imbróglio todo.
— Então isso é coisa da Leda?
— Nossa! Eu e ela estávamos a fim de fazer amor com você.
— É, eu percebi, mas não quero fazer amor com mulheres, você entende, não?
— Não, não entendo, mas respeito. Ela também. Ela falou pra mim que te cantou de todas as formas sem sucesso, então sugeriu que eu a abordasse.
— E você pretende seguir esses encontros comigo?
— Claro! Você foi ótima!

— Estou fora de forma.

— Imagina quando retomar à forma! — riram.

O canadense era bonito de fato, simpático e chique. Não disfarçaram que fizeram amor antes da chegada dos dois pinheirenses. Leda dava sorrisos de soslaio e piscava para Maria, que respondia com silêncio e desvio do olhar.

— Meu nome é Johnnie e trabalho pra Rohr, que faz estruturas de ferro pra eventos, obras de grande porte e tem sede no Canadá. Fiz em Montreal (que pronunciava, em francês, Mont e depois Real) a feira de 66 e fizemos muitos contratos na América Latina, então abriram uma filial aqui em São Paulo. — Seu português era sofrível e Maria se divertiu em praticar seu francês aprendido na Aliança Francesa nos últimos anos. Riam e a língua os afastou do casal anfitrião. Saíram do jantar e foram ao Chez Regine ver o Dick Farney. Era a primeira vez que Maria, que tanto gostava da charmosa versão brasileira do Frank Sinatra, ouvia ao vivo a voz melodiosa e elegante contar das travessuras da Teresa da Praia com Sabá e pelo baterista Toninho e os elogios à Copacabana. Nos intervalos, um elegante cantor David Gordon veio encher de emoção o casal ao cantar Nunca. Johnnie não conhecia e Maria cantou junto com toda a plateia:

Nunca, nem que o mundo acabe sobre mim,

Nem se Deus mandar, nem mesmo assim,

As pazes contigo eu farei.

Saudade, diga a esse moço, por favor,

Como foi sincero o meu amor,

Quanto eu te adorei, tempos atrás.

Maria ainda teve alguns encontros com Lauro, Leda continuou insistindo sem sucesso, e Johnnie a pediu em casamento. Leda e Lauro mudaram de vez para seu apartamento na Fernão Cardim, o pai de Leda saiu da empresa binacional com o fim do governo militar, mas conseguiu finalmente tirar Orfeu da prisão.

Nat

Enquanto Maria crescia, Nazinha se tornava uma mulher deslumbrante. A menina magra e franzina ganhou formas definidas, adquirida em academia, e personalidade forjada nas conversas com a irmã. Cobiçada por meninos, professores e pais, era a principal atração da faculdade. O temperamento expansivo atraiu adeptos e presentes que incluíam joias e cirurgia plástica. Conseguiu trabalho numa empresa de promoções. Do salão do automóvel foi para Fenit e de lá para a Rhodia. Mila Moreira dividia o protagonismo das passarelas com Nat, seu novo apelido.

Maria ajudou a promover o talento de José, logo reconhecido no meio artístico, com algum traquejo social e grande evolução cognitiva. Por outro lado, as transformações deste arrefeceram os cuidados dos pais. Augusto pôde abdicar parte de seus ciúmes, se desenvolvendo, não profissional ou intelectualmente, mas manualmente, confeccionando telas, chassis e molduras para os trabalhos do irmão. Em pouco tempo a família da rua Caconde era outra.

Nat trocou de endereço indo para o Hotel Danúbio, depois alugou um apartamento num predinho na rua Fortunato. Convidou Maria, mas a vida mundana da irmã não a entusiasmou. Preferiu manter-se um pouco mais na casa paterna. Uma garagem na rua Batatais se tornou ateliê de José e oficina de Augusto. Nas horas de descanso, Maria ocupava o mezanino como sala de estar e de leitura. O presidente da indústria tinha diversas outras atividades como patrono das artes, representando a federação das indústrias, papel de destaque no sindicato patronal. Importância política nos programas de entrevistas. Silveira Sampaio foi o entrevistador que exigiu de Maria todos seus dotes políticos e intelectuais para o sucesso do seu chefe no panorama político nacional. Maria se tornou o braço direito do Dr. Luiz.

Orfeu, morando em Copacabana e trabalhando no Catete, pouco ia à Urca. Vez por outra a mãe lhe pedia um serviço. O novo faz-tudo da escola era bonzinho, mas inexperiente. Orfeu foi lhe ensinar como consertar as carteiras escolares, que se avolumavam onde um dia fora seu quarto. Resolveu ligar para o Pery Ribeiro para um chope. Seu bar costumeiro era o bar do Zé Pereira que ficava na esquina da avenida João Luiz Alvez com Cândido Gaffrée, bem em frente à padaria do senhor Álvaro.

— Sabe, Orfeu, nós começamos a Bossa Nova, mas agora ninguém lembra da gente. O Johnny Alf fica lá em São Paulo rondando de bar em bar, o Dick Farney, que é um monstro, tem lugar fixo, mas não faz show nem nada. O Lucio Alves, quase não se apresenta. Eu, então, de vez em quando vou no Fino da Bossa, mas não decolo, meus discos vendem pouco, o Milani nem me atende. Eu ainda sou jovem, não cheguei nem aos cinquenta e caí no ostracismo.

— Pery, se a gente quer entrar no mundo da arte, tem que esquecer a vida e mergulhar na arte. Esse é o segredo, ficar de diletante não te leva a lugar nenhum.

— Como eu posso abdicar da vida em nome da arte? A arte pra mim veio junto com a vida. Meus pais eram sucesso na Mayrink Veiga, na rádio Nacional, divulgam o Orfeu do Carnaval e até hoje são mais lembrados do que eu.

— Eu sei, me chamo Orfeu em homenagem a eles, veja o João Gilberto: é o exemplo do que estou falando. Ele se trancou no banheiro com seu violão durante uma semana, não falava com ninguém, não queria saber de nada e saiu de lá com a batida de violão que revolucionou o mundo. Se trancar no banheiro é típico de abandonar a vida.

— Quem admira o João Gilberto mais do que eu? Mas se minha vida veio junto com a arte? Pra você a arte é rompimento, é quebra das leis, para mim são as próprias leis da natureza.

— As leis nasceram pra serem quebradas.

— Eu não acho, Orfeu. As leis foram feitas pra ser cumpridas. Se você não obedecesse às leis gramaticais nós nem podíamos estar conversando agora, um não entenderia o outro. O artista tem é que procurar os limites das leis e expandi-los.

— Então você não é revolucionário?

— Não, positivamente não sou.

— Então você concorda com tudo isso que está aí?

— Você quer mudar o mundo? Não gosta dele? Mas você faz parte do mundo. Não gosta de você então? Eu gosto de algumas coisas e não gosto de outras. O mundo também tem muita coisa que mudar e muitas coisas a se manter. A civilização foi construída, com predicados e defeitos, a duras penas. Não podemos jogar tudo fora. Assim como não posso jogar eu fora. Eu sou defeituoso, mas eu me gosto mesmo assim. Ninguém tem nada de bom sem sofrer.

— Seus pais abriram portas pra você, agora você precisa encontrar seu caminho. Nem que seja valorizar o trabalho deles, que é monumental. Você canta bem paca, tem a batida da Bossa Nova impressa na sua alma, então pode cantar o que quiser que sai com cara moderna. Encontrar seu caminho é o segredo.

— Você abdicou da Maria pra ser artista?

— Da Maria não, mas a diretora do Assunção me expulsou da vida dela e na arte foi onde consegui colocar minha dor. O que todo mundo tem igual é a dor, ainda que cada um tenha a sua. Talento não se herda. Eu não sei quem é meu pai, minha mãe não tem talento pra arte, mas tem um enorme talento pra se virar. Isso eu herdei dela. O sofrimento dela é só dela. O meu sofrimento é outro. São outros. Eu sou um faz-tudo, que também faz arte. Me falta estudo, tempo pra ser só artista. Tenho que ganhar a vida. O Hélio é outra coisa, ele teve educação, teve quem lhe ensinasse e lhe deixasse em condições pra escolher o que fazer. Isso faz muita diferença, fora ter um imenso talento. Mas você tem razão, nunca abdiquei da Maria. Sabe, quando a gente encontra um amor assim, a gente não esquece. Pode ter outras mulheres, pode nunca mais ver, mas as lembranças nunca te deixarão. Isso atrapalha a arte.

— Sempre pensei que dor de cotovelo fosse a matéria-prima da arte.

— Só se foi pro Lamartine, pro Antônio Maria. Veja o Johnny Alf, abdicou da arte por amor. Se ele viesse pro Rio quando o chamaram, ele estaria lá no Panteon das celebridades, mas por amor não quis deixar São Paulo, que é o túmulo do samba, como disse o Vinicius.

A angústia tomou conta dos dois, os chopes os trouxeram para baixo, a conversa amainou e ganhou momentos de silêncio. Um casal sentado na amurada se abraçava quando uma noz de amendoeira caiu sobre a cabeça do homem. Os cabelos alinhados cheios de Brylcreem mal sentiram, mas ele inclinou-se na direção de sua parceira para pegar o pente do bolso de trás e ajeitou o que não tinha que ajeitar. A garota não entendeu nada e se afastou um pouco, bem pouco. Um minuto depois e os dois caminhavam de volta em direção à fortaleza de São João. Os olhos de Orfeu se detiveram nos passos afinados do casal, depois voltaram para a praia. As nuvens escuras deixaram a praia vazia. Só uma linda morena caminhava arrastando o dedão na água que suavemente rebentava na areia ditando os passos lânguidos da mulher. Seu vestido era colorido com estampas de plantas tropicais sobre um fundo vermelho, seu cabelo esticado mostrava o trabalho árduo do cabelereiro competente. Segurava as sandálias Ana Maria com o dedo indicador arqueado num gancho, enquanto a outra mão livre exibia um cigarro fino e escuro que beijava sua boca vez por outra.

— Olha que lindo!

— Você não toma jeito mesmo, Orfeu!

— Não estou falando só da mulher, veja a cena inteira. O Cristo lá em cima encoberto, as luzes da cidade piscando, a praia vazia e essa linda mulher vindo em nossa direção.

— Tem razão, você olha pro mundo e só vê arte.

— E mulheres também, que não deixa de ser uma forma de arte ainda mais elevada. Arte de Deus.

— Deus criou a mulher, mas essa tara que você tem é coisa do demônio.

— Peraí! Você não acredita! Acho que é a Nazinha. Sabe? A Irmã da Maria.

— Quando a gente está apaixonado só vê a mulher amada em todas as mulheres.

— Não estou brincando, acho que é ela mesmo. Vou lá.

— Deixa que eu pago, você paga a próxima. Foi uma delícia te encontrar.

— Valeu! Obrigado.

Orfeu pulou a amurada no ponto onde há um pouco de areia entre as pedras perigosas. No mesmo embalo que ela, foi arrastando a Havaiana na areia.

— Nazinha?

— Orfeu? — Os dois tremeram, não sabiam se se beijavam, abraçavam ou o quê. Nazinha o abraçou, beijou no rosto e disse sem largar seus ombros:

— Que surpresa! Eu estava pensando em você, onde você estaria morando, não acredito que nos encontramos!

— O pior que eu raramente volto aqui. Vim encontrar meu amigo Pery Ribeiro naquele bar ali, aí vi essa mulher maravilhosa e achei que era você.

— O cantor? Onde ele está?
— Acho que já foi. Mas se quiser posso marcar um outro encontro com você e ele.
— Deixa pra lá. Conta como você vai?
— Bem, continuo solteiro, não tomo jeito. Trabalhando muito, coisas bem legais, moro com minha mãe ainda, na avenida Nossa Senhora de Copacabana, e você? O que aconteceu de ficar essa mulher tão linda!?
— Você gostou? — Nat transitava por passarelas nacionais, hospedando-se em ótimos hotéis com companhias nem sempre a esperada e uma certa dose de solidão. Um fim de tarde ameno no Rio foi passear na praia da Urca. Tantas conversas sobre os encantos do Cassino, no bairro tranquilo com linda vista para a baía da Guanabara, a imagem distante do aterro do Flamengo, a mais bela obra urbanística já construída no Brasil, e uma certa saudade de Orfeu a levaram a molhar seus lindos pés na areia do quebra-mar.
— Está brincando, e a Maria?
— Maria se casou. — Foi um choque, Orfeu emudeceu.
Nazinha contou que Maria conheceu um cara bem legal, canadense, e seis meses depois estavam casados, não teve festa, não veio ninguém da família dele, só a família e o chefe da Maria.
— Desculpe perguntar, Nazinha, mas ele é branco?
— Branquíssimo!
— Estão apaixonados? — Nazinha deu de ombros.
— Sabe, agora eu me chamo Nat, não é mais Nazinha. Pode ser?
— Bem, já que é pra inventar eu vou te chamar de Dindi.
— Nossa! Que bonito!
— Se soubesse o bem que te quero...
— Adorei! Sou a sua Dindi.
Foram até o Colégio Cristo Redentor para conhecer Da Glória. Ela ficou encantada com a beleza de Nat, ao vivo era ainda

mais linda. Deixaram a mãe e prosseguiram até o Méridien. Orfeu subiu com ela até a piscina para continuar a conversa que terminou entre os lençóis do apartamento 2066.

Depois do amor, há o momento das confissões:

— Sempre achei que você não era pra Maria, era pra mim. Vocês não combinam, não tem jeito, esse país ainda é muito atrasado. Eu sempre tive o maior tesão por você.

— Maria foi uma grande paixão, mas as paixões se dissolvem no ar.

Naquela noite, Orfeu não foi dormir no apartamento da mãe, nem mesmo chegou a dormir.

— Estou produzindo uma exposição do Hélio Oiticica e do Neville D'Almeida chamada As cosmococas.

— Você agora é chegado nisso?

— É uma exposição de arte. O Hélio Oiticica é um notável artista, ele e o Neville D'Almeida que inventou essa palavra faz tempo. Mas cheiro umas de vez em quando. Você quer? Saí do Rio com medo de me envolver com drogas, voltei e acabei envolvido, mas agora é outra coisa.

— Não é branquinho seu pó?

Orfeu levou Dindi para conhecer o MAM e todos seus encantos. Foram almoçar no Alcazar e voltaram para o Méridien onde se entenderam ainda melhor.

— Eu não tenho coragem de contar pra minha irmã que fiquei com você.

— Não conta não, Dindi.

Nat tinha outros compromissos, ia fotografar para o Stanislaw Ponte Preta para ser uma Certinha do Lalau, depois ela foi para o Nordeste com o telefone, endereço, lembranças e dúvidas. "Será que estou traindo minha irmã? Será que é incesto?". Coisas que também passaram pela cabeça de Orfeu. Mas Dindi ligava todas as noites perdendo horas em palavras tolas. Mandou uma foto nua e Orfeu pintou um quadro enorme com o nariz todo branco.

— Ai, Dindi! Se soubesse do bem que eu te quero?

— E eu por você, mas não quero me casar agora não.

— Nem eu, imagina, não tenho coragem de encarar a Maria. Depois você vai ter que mudar de profissão.

— Que profissão você está falando? Acha que eu sou puta?

— Não! Você é modelo, não pode ficar viajando assim.

— Olha, se você espera de mim uma esposa fiel e dedicada, errou o endereço. A irmã era a outra. Eu gosto de você, mas não quero compromisso não.

— Não parece, você me liga toda noite.

— Mas você não sabe o que eu faço depois que desligo.

— Nem você.

Deixaram assim. Nazinha ficou uma longa temporada sem aparecer em São Paulo. Ligava para Maria, conversavam bastante sem mencionar seus encontros.

— E como vai o Johnnie?

— Tudo bem, ele trabalha muito, chega em casa tarde e domingo não sai da televisão.

— Um saco então?

— Não, está tudo bem, o José me toma muito tempo e o trabalho outro tanto. Passo os domingos trabalhando também.

— E pro amor, vocês têm tempo?

— Claro que temos, mas...

— Desembucha mulher.

— Não sei se estou ficando velha, mas não consigo engravidar, acho que não rola aquele amor que eu senti.

— Não está conseguindo gozar?

— Não.

— Você não tem umas fotos do Orfeu?

— Tenho, quando eu abro eu passo mal. Tem uma dele de

cueca na rua Pamplona que eu fico louca. Aquela mão segurando o Minister me enlouquece.

— Liga pra ele.

— Não! Nem sei o número e é perigoso. Estou casada e não quero complicar minha vida.

— Mas ela já está complicada!

— Vou procurar um analista.

— Boa ideia! Todo psicanalista que conheço acaba comendo a paciente.

— Para vai, Nazinha! Eu não sou como você. Pra mim sexo e amor andam juntos.

— Sei, sei, amor... Quando vai abandonar as histórias de carochinha?

— Você é cética.

Desligaram, Maria permaneceu ligada em Orfeu. Johnnie chegou meio bêbado e quis fazer amor. Maria topou e aquela noite foi bem melhor. Talvez tenha sido a noite em que engravidou de seu primeiro filho, Lucas.

Segundos são séculos, anos às vezes são nada. Nada mudou muito, Nat circulando pelo país, por Paris e Nova Iorque, Orfeu trabalhando muito e ganhando pouco, encontrando pouco a sua Dindi e quando se encontravam se encontravam muito. José crescendo como pessoa e como artista, Augusto mudando pouco, os pais envelhecendo pouco, o país mudando no aspecto, mas no fundo, quase nada, e Maria vivendo para o trabalho e agora para o casal de filhos. A 14ª. Bienal de Arte de São Paulo seria a primeira sem Ciccillo. Luiz pediu para Maria tratar no Rio com os artistas de rua engajados nas questões brasileiras, entre os entrevistados estava Orfeu. Maria deixou Lucas com a mãe e levou a pequena Stella, de quase um ano. Instalaram-se numa suíte do hotel Glória e, enquanto Stella dormia, Maria pôde telefonar para os contatos. Orfeu ficou de ir à tarde no Hotel.

— Desculpe Maria, eu estou muito nervoso. Não dava pra gente tomar alguma coisa até eu me acalmar? Eu sei que não é uma reunião social, mas tenha dó! Te encontrar depois de todo esse tempo não está sendo fácil.
— Claro! O que você quer?
— Scotch.
— Não vai dizer que eu não mudei nada, por favor!
— Não. Mudou muito. Pra melhor.
— Vá! Não sou mais uma menina boboca. Você não me engana fácil.
— Eu estou com entradas, alguns cabelos brancos.
— Eu preciso saber sobre a relação entre a sua arte e o movimento de arte pública e a realidade nacional.
— Arte de rua tem tudo a ver. Acho o máximo a arte sair dos museus e ir para as ruas, mas não é papel de uma grande instituição como a Bienal promover isso, é cabotino, a Bienal é uma instituição. O que defendemos é uma arte que se faz também na rua, não só arte de rua. A instituição existe e é importante, o que estão pensando? Botar fogo no Louvre? Isso é politicagem da mais baixa, tem uma poetisa russa, Marina Tsvetaeva, que disse uma coisa legal: "dá pra fazer poesia engajada, se você for o Maiakovski". Nós não somos Maiakovski, então, quer fazer política, panfleto, compre um mimeógrafo e se instale num porão da periferia. Arte da Bienal é pra mostrar o que a vanguarda está fazendo. Vanguarda quer dizer aqueles que estão à frente, a elite da arte. Tem gente muito boa como Alex Vallauri no Brasil, o Basquiat em Nova Iorque, entre outros, fazendo ótima arte de rua. Isso sim é vanguarda, precisamos encontrar aqueles que estão rompendo barreiras, criando algo novo em termos de linguagem, de ampliação do léxico artístico. Mas isso não quer dizer que qualquer um que faz arte de rua está rompendo os cânones da arte. A arte é um universo em si mesmo, se relaciona, funda-

mentalmente consigo mesma. Isso de tratar das questões nacionais é populismo baixo, é coisa de gente que não tem a menor ideia do que é arte. Se eu fosse você, caía fora dessa.

— Por falar em panfleto, eu soube que você foi preso, sofreu muito?

— Quem te contou?

— Saiu no jornal. Eu li no Jornal do Brasil e no Correio da Manhã.

— Você lê jornal do Rio?

— É meu trabalho acompanhar notícias do mundo todo. Eu até pedi pra uma vizinha minha ver com o pai se podia te ajudar.

— É mesmo? Então você teve algo a ver com a minha libertação?

— Não sei, na verdade. Nós mudamos pra alameda Campinas e conheci uma moça recém-casada que estava morando lá e ficamos amigas. Bem no dia que saiu a notícia e eu estava chorando, acabei contando pra ela e ela falou que o pai dela era um figurão de Brasília, um coronel Lipi... qualquer coisa.

— Pô! Foi esse cara mesmo que veio falar comigo e disse que atendia um pedido de um amigo e ia me libertar. Não acredito! Foi você? Ainda chora por mim? — os dois se excitaram, mas Stella acordou e Maria deu de mamar. Os olhos de Orfeu passearam pelas glândulas mamárias no momento maior de sua função. À menina de saia xadrez e meia três quartos se sobrepôs a mulher sensual com todos os hormônios prontos para a ação. Falaram sobre crianças e criadas, sobre arte e amor. Stella regurgitou, arrotou e dormiu. Orfeu beijou Maria, e o sexo intenso adormecido durante anos acordou e se esparramou noite adentro.

Maria costumava postergar uma posição ao máximo, até que a opinião surgisse tal qual um monstro emergindo da tempestade. Maria passou no Hospital Psiquiátrico Pedro II para ver a arte dos internos que, através de Nise da Silveira, se tornaram grandes artistas. Maria se maravilhou com alguns nomes que se expressavam na arte tal qual um artista, difícil de diferenciar um interno de grandes nomes da arte. Stella dormiu no carrinho enquanto Maria conversava com o curador e isso tomou toda a manhã. Algumas mamadas e trocas de fraldas até a hora do almoço. Na saída, um interno ficou fascinado com Stella, queria pegar no colo. Maria não sabia o que fazer. A curadora já tinha ido. O homem tinha idade madura e parecia bem estranho: a boca meio torta, roupa de marinheiro, isto é, camisa azul com botões pretos, calça cáqui e casquete branca. Mas estava descalço e olhava para a menina com um carinho raro de se ver. Maria deixou. Ele pegou a menina com imensa doçura. Sua barba rala de penugens esparsas roçavam a bochecha de Stella que sorria. Seus pés pretos de sujeira contrastavam com a brancura loira de Stella. De repente, ele se virou de costas para Maria com o nenê no colo e parecia que ia correr, mas deu várias voltas em torno de si e a entregou para a mãe. Stella riu e o homem olhou para o chão com uma expressão triste.

— Não estou com medo — Maria falou.
— Bonita! Bonita!
— Obrigada, é uma criança linda mesmo. Loira como o pai.
— Linda a mãe. Linda.
— Ora, são pra mim os elogios? Fico lisonjeada!
— Quer casar comigo?
— Eu já sou casada, não posso.
— Mas a menina, quando crescer, você traz aqui pra casar comigo.
— Trago sim, qual é o seu nome?
— Eu não sei.
— Não lembra? Todo mundo tem um nome.
— Como ela chama?
— Stella.
— Estrela? Adoro as estrelas, vivo para elas.

Maria beijou as faces ásperas e rudes do interno e entrou no táxi. O homem a olhou como fazia Orfeu.

— Um dia você vai sair daqui e não olhe pra trás, viu?

— Vi.

O carro partiu, Maria e Stella olharam pelo vidro de trás do Opala o homem dar as costas e voltar ao ramo da árvore que caíra perto de si.

Maria e Stella foram almoçar no Lamas, um filé de peixe com purê, e foram para o ateliê de Orfeu.

— Suas obras são todas efêmeras?

— A arte, a vida, tudo é efêmero. A sedimentação do homem levou-o a criar castelos, tesouros. Tornar a arte um tesouro, ter um valor monetário é o que destrói a arte contemporânea.

— Mas você precisa viver, não precisa?

— Não se pode viver através da exploração dos bens comuns. A arte é um bem comum. Não sou eu que faço isso. Tem um monte de gente por trás, que pintou e criou arte durante séculos, tem os professores, meu grupo. Tem o inconsciente coletivo que pôs o pincel na minha mão. Então, se a gente critica os políticos que se apropriam dos bens públicos, não podemos fazer o mesmo. Eu me viro, sempre me virei e não preciso me prostituir pra ficar rico. O que os internos do Dom Pedro II faziam era a mais pura expressão desse pensamento, não queriam fama, vernissagens ou dinheiro, só queriam expressar o que sentiam porque sem isso não seriam gente, não poderiam viver. O que fazemos está muito sincronizado com o mundo, com o país, você querer fazer arte engajada, como fazem o Gerchman, o Antônio Dias ou o Zilio é legal não pelo tema que trata, mas por ser expressão gráfica, pictórica e plástica de algo que circula no mundo. Não digo do Rio ou do Brasil, falo de algo maior. Arte é plástica. É intensão naquele momento em que está sendo feita. Se quiser fazer hoje o que pensou ontem à noite no barzinho, não dá.

— Você não pensa em ser lembrado no futuro?

— Ser conhecido por quem? Acho que foi o filósofo Epiteto, que era escravo em Roma, quem postulou: quer ser conhecido por gente que nunca conheceu nem a si mesmo? Então, meu nome, minha obra, não têm a menor importância. Têm pra mim.

— E pra mim.

— Pois é, pra uma meia dúzia de pessoas que existem ao redor neste breve espaço de tempo que é nossas vidas. A arte tem de acabar como acabam as coisas. O filho de uma funcionária da escola me disse uma frase que achei linda: "As coisas estão no mundo, só que é preciso aprender". Aprender, pra mim, não é só tomar conhecimento, e guardar pra si. De cor ou, como é traduzida a expressão em inglês e francês: de coração.

— Como você foi se meter com a guerrilha? Você nunca falou muito de política, o que te deu?

— Bem, a gente tem amigos. Eu nunca soube ao certo o que fazer. Alguns amigos tinham certeza. Eles me pediram pra emprestar o ateliê pra eventualmente levar uns feridos pra lá. O que eu ia dizer? Que não ajudaria um cara que era meu amigo, colega, ser acudido no meu ateliê? Então acho que usaram umas poucas vezes, mas aí começaram a ir à noite, numa hora que eu não estava, pra confeccionarem bombas. Eu tenho muitas ferramentas aqui e eles faziam uma bomba bem precária com tubos galvanizados e ferro velho. Alguém dedou e me pegaram. Apanhei pra uns dois dias, depois não sabia por que, pararam. Deve ter sido a hora que seu amigo me localizou. Nem minha mãe ficou sabendo. Só uma semana depois que ela foi avisada e veio me visitar. Ela estava muito nervosa, eu tinha umas feridas ainda não cicatrizadas, ela pirou. Então o pessoal da escola se meteu também e tudo foi ficando melhor. Me trancaram por uns dois anos.

— Puxa! Você teve coragem.

— Porra! Tive medo pra caralho! Coragem?

— Sim, coragem é vencer o medo, não sucumbir a ele.

— Eu não sei se precisava de coragem, eu achava que era isso que eu tinha que fazer. Sabia os riscos que corria e não vou ficar dando uma de herói nem de coitadinho. Fiz cagada, paguei meu preço, juntei o que sobrou e toquei em frente. Triste é ver aqueles caras que ficaram escondidos embaixo da saia da mãe e agora ficam querendo se consolar inventando moinhos de vento pra lutar. O que eles conseguem é uma boquinha numa universidade, num cargo público e dão uma de revolucionários. Esses sim são uns coitados. Eu não me orgulho nem me arrependo. Essa foi a vida que tive porque quis. Naqueles tempos a ética precedia qualquer outra coisa, hoje ela agoniza. Agora vamos esquecer esse assunto. Quem vive do passado é museu.

— Por que esse quadro está encoberto?

— Não, é que não está terminado.

— Posso ver?

— Não.

— É a Nazinha, não é?

— É, como você soube? Ela te contou?

— Ontem você sabia coisa demais.

— Você ficou muito chateada?

— Só não vai contar pra ela!

— Eu acho que não tem problema, ela sai com outros e não se importa.

— Ela pode não se importar com qualquer mulher do mundo, menos comigo.

— Você acha?

— Tenho certeza. Vocês combinam, a gente nunca vai poder ficar junto, ainda mais agora que sou casada, tenho dois filhos, um irmão pra cuidar, meus pais não estão preparados pra enfrentar mais essa.

— Mas você está bem com seu marido?

— Temos nossos problemas, mas quem não os têm? A vida é assim.

— Olha, eu só amei e só vou amar uma mulher na vida: você. Tenho certeza. Não sou mais moleque, sei o que quero e entre você e qualquer outra coisa no mundo, eu fico com você.

Maria sorriu, suas covinhas apareceram na bochecha, seus olhos lançaram aquela doçura de menina passando no corredor do Assunção. A menina que viu os olhos cinza-esverdeados e de onde surgiu um encontro que não é comum acontecer. Não iria acontecer jamais para Nazinha, ela sabia, ela chegou a comentar isso com Orfeu. Para que isso aconteça é preciso que os dois tenham uma certa elevação, que mesmo na flor da juventude saibam o que é a vida. É preciso ter sofrido, e não pode ser um sofrimento adolescente, precisa que tenha provado o fel das covas do Hades. Ao mesmo tempo, os astros precisam se conjugar muito mais que um alinhamento de Plutão com Saturno, é preciso o alinhamento do Messias com Pã, do Minotauro com Posseidon, de Deus com o Diabo. Esse alinhamento aconteceu naquela manhã garoenta. Agora, para que eles pudessem ficar, outros alinhamentos seriam necessários. Eles poderiam maldizer a vida ou se regozijar por ter tido por um minuto, por um instante, um momento que poucos tiveram. Mas o ser humano não é assim.

— Eu acho que já vi aqui tudo o que precisava. Agora vou pegar minhas coisas e vamos pro aeroporto. A gente se vê por lá.

Maria relutou em retribuir o beijo de Orfeu, mas correspondeu. O bebê resmungou e a visita ao Rio terminou, sua alma cantava. Orfeu teria uma sala especial sua, outra para seus colegas de concretismo e outras especiais para o Hélio Oiticica e a Ligia Clark. Maria voltou para casa e à noite teve de enfrentar o marido depois que os dois filhos já estavam na cama.

— Quer um whisky?

— Não, obrigada, não quero nada.

— Você encontrou o seu ex?

— Claro! Fui lá pra isso. Tivemos duas reuniões e com os outros também.

— E como foi?

— Deu tudo certo, eles estão entusiasmados e acho que vai ser legal a exposição desse ano.

— Não, quero saber como foi seu encontro com o Orfeu. Rolou alguma coisa?

— Nas reuniões que tivemos estava com a Stella, então o que você acha que pode ter havido?

— Sexo.

— Não vou ficar aqui teorizando sobre sexo. Como você disse: com o meu ex. Ex é passado. Não é presente. Não é a minha vida agora, foi. Minha vida agora é você e as crianças. Meu irmão já pode se virar mais ou menos sozinho. E você podia beber um pouco menos.

— Passa uns dias no Rio, encontra seus amigos artistas, sai à noite, sei lá o que rolou e agora fica regulando meu whisky? Acha que eu sou super-homem?

— Não! Você é o último homem. Não aquele do Nietzsche, é o último homem com quem vou estar na vida, entendeu? Então bebe menos que daqui a pouco você vai ficar violento e eu não aguento mais isso.

— Qual é a sua? Você acha que eu sou o quê? Corno manso? Não sou não. Isso de ser corno manso pode ser legal lá com a sua turma, mas comigo não. Quando você fala nele a sua boceta bate palma que dá pra ouvir daqui.

— Se continuar assim, vou dormir.

— Queria ver o que aconteceria se eu passasse dois dias fora com uma gostosa da empresa o que ia acontecer.

— Boa noite, Johnnie, não dá pra conversar com você.

— Trepou muito? Não dá pra dar uma rapidinha comigo, não?

Maria pegou seu leite na cozinha e foi para o quarto. Seus olhos percorreram as letras do seu livro enquanto sua cabeça estava num quarto de hotel com o mar azul à sua frente, o som das ondas vindo de muito longe, a lua a furar seu zinco e deitada num chão de estrelas acariciava a pele escura, as palavras claras e uma tórrida paixão vermelha. O que é melhor que sonhar nesse momento? Johnnie voltou para cama, já corriam horas de sono, e a vida consumiu o dia seguinte em mamadeiras, papinhas e escolas.

Tiveram a primeira reunião com a equipe de curadoria da Bienal e os artistas do Rio. Numa sala da administração do prédio, no parque do Ibirapuera, montaram uma enorme mesa com seis pranchetas de madeira com pés de ferro, forradas de plástico branco e as cadeiras da Marfinite rodeavam a mesa com um copo d´água, um bloco e um lápis para cada um. Não havia demarcação, de modo que convidados e hospedeiros se confundiram ao redor da mesa. Não por acaso, Orfeu sentou-se ao lado de Maria. Ela estava com um chemisier colorido ressaltando seu quadril largo e uma sandália de salto. Seu cabelo preto e revolto estava cuidadosamente despenteado. No pescoço, um colar de pérolas que fora de sua avó. O brinco que usava na manhã do Assunção. Orfeu notou, como notava tudo que dizia respeito a ela. Os lábios estavam um pouco inchados, as covinhas retraídas, o olhar de preocupação, sério como costumava ser. Por baixo da mesa, sua mão procurou a dela. Ela apertou forte, num pedaço de papel escreveu: preciso falar com você depois. Ele devolveu o papel escrito no verso: preciso de você sempre. Não conseguiram se concentrar, apenas os corpos deles estavam lá, a emoção tomava conta de tudo e assim que acabou a reunião Maria chamou-o para sua sala. Ele entrou e já queria lhe beijar, ela se retraiu e falou:

— Estou grávida.
— É meu?
— Não sei.

— Sinto um misto de enorme alegria se for meu, pois nosso amor deu frutos e ao mesmo tempo preocupação. E se nascer moreninho, o que vão dizer?

— Eu sinto uma certa revolta. Tivemos que abdicar do nosso amor devido as conjunções sociais e de repente uma criança expõe esse nosso amor, como se tivéssemos sido amantes a vida toda. O pior é que não tivemos essa felicidade. Se for seu, o que é bem provável, nosso amor ficará exposto ao mundo; e teremos um ao outro por toda a nossa vida.

— Por que você acha que é bem provável que seja meu?

— Porque o Johnnie tem poucos espermatozoides e teve que fazer um tratamento pra que tivéssemos filhos.

— Você falou com ele?

— Sobre eu estar grávida é claro que sim, sobre ser possível ser seu, claro que não.

— Se for meu, eu gostaria de ter, eu assumo filho meu ou dele.

— Não é tão fácil assim.

— O que você quer de mim?

— Só queria que ficasse sabendo.

— Se for tirar, por favor pense em mim.

— Em quem você acha que eu penso quando não é em meus filhos?

Naquela noite, Maria contou ao Johnnie que poderia não ser dele a criança que viria. Johnnie teve um ataque, disse impropérios, gritou que até o porteiro da noite veio saber o que havia. As crianças acordaram e Johnnie pegou uma valise e foi para um flat na alameda Santos.

O rebento

O sol caminhou para o norte e as noites engoliram os dias. As quaresmeiras floriram e perderam as flores. Lucas foi para a escola com o motorista e a irmã. Maria tirou licença e montou um lindo quarto para o novo filho. Johnnie ficou um mês fora, mas voltou. Para onde iria? Sem família, amizades instáveis. No Canadá mal se lembravam dele. A empresa ia bem, prosseguiu suas viagens pela América do Sul. No Peru conheceu uma mulher interessante, não era feia, falante e sensual, uma simpatia cativante. Sempre que podia ia para o Peru, apesar da dificuldade de encontrar voos. A Varig tinha um voo Lima, Bogotá e Los Angeles, depois do *Constellation* não havia mais necessidades de escalas. As viagens de Johnnie eram espaçadas e longas. Maria se acostumou a ficar só com seus dois filhos. Fazia ligações lacônicas para Johnnie, curtas para Nazinha e constantes para os pais. O Peru convivia com as relíquias das civilizações pré-colombianas e os adeptos do Sendero Luminoso pré-racionais. Quando o rebento veio ao mundo tropical, o pai estava no alto dos Andes. Enquanto Dindi cuidou da casa, Orfeu acompanhou Maria à maternidade. Maria segurava a mão de Orfeu com a certeza de que a criança era deles. Quando a menina veio ao mundo pelo corpo saudável e feliz de Maria, essa não teve dúvidas de pôr o nome de Eurídice. Tanto Nazinha quanto Johnnie receberam muito mal a notícia. Os gritos de Johnnie não atravessaram as montanhas e Orfeu compensou pedindo a mão de Dindi em casamento.

O casamento foi em julho, quando o calor dá uma trégua, a tempo de Eurídice já poder pegar avião e de Johnnie já ter voltado. Dona Conceição e seu Mário não arriscaram a saúde numa viagem e a família contratou uma lotação. A Igreja Nossa Senhora do Brasil abrigou muita gente e deixou um pelotão de fotógrafos e jornalistas do lado de fora. Até a TV Tupi registrou o casamento. A beleza de Maria se sobrepôs aos nomes ilustres nas páginas de Fatos e Fotos. Não deixaram de notar também a semelhança da pequena Eurídice com Orfeu. Da avenida Portugal foram à recepção na cobertura da Mesbla de onde se via o Pão de Açúcar de um lado e o Corcovado do outro. Orfeu foi bastante atencioso com o cunhado e sobrinhos enturmando-os com amigos e o mundo das artes. Inauguraram o convívio polido e austero. Se eram polidos socialmente, na vida íntima agressivos e às vezes violentos. Dindi de um lado não se conformando com o fato de o marido não ter esquecido a irmã, e o marido traído destilando seus timos com burbons e mágoas. A jovem peruana não era a única a receber a atenção de Johnnie, que não fazia o menor esforço de esconder de Maria. Esta sabia que as crianças precisavam de um pai e Eurídice, do pai Orfeu. As crianças mais velhas se ressentiram. Stella, pré-adolescente, não saía do quarto, não tinha amigos nem confidentes. Lucas se envolveu com as ondas e a maconha. Ia mal na escola, tinha amigos estranhos e, apesar de amoroso, muito rebelde. Eurídice era uma criança fácil e não dava trabalho. Por outro lado, o relacionamento carioca se deteriorava com a própria cidade com a dificuldade de Dindi de engravidar. Não se sabia ao certo se Nat estava disposta a trocar sua vida profissional pela vida de uma criança, mas a ameaça de Eurídice a incentivava a tentar. O insucesso estimulou gritos e esperneio por motivos torpes, mas principalmente, o total desprezo às coisas de Orfeu. Seu trabalho, suas piadas, os campeonatos do Flamengo, enfim, tudo que lhe dizia respeito era tratado com absoluto desdém e consequentemente o silêncio na casa só era interposto pelas histórias intermináveis sobre alguém que

Orfeu não tinha o menor interesse. Ações provocam reações e Dindi passou a relatar em detalhes as aventuras na cama com esses notáveis desconhecidos. De certa forma, essas histórias com um pingo de realidade e oceanos de ficção até excitavam Orfeu.

   As idas de Orfeu a São Paulo não eram frequentes, mesmo assim se envolveu com as galeristas paulistas. Luiza Strina, Regina Boni e Ralf Camargo. O diálogo com a Escola Brasil se intensificou e foi convidado para dar um ateliê mensal. Orfeu passava na casa de Maria para levar Eurídice passear, às vezes iam os três até uma pracinha na Vila Nova Conceição, até a escola na rua Graúna ou no ateliê no Baravelli na rua João Cachoeira para brincar com Rafael no tanquinho de areia que a Sakai havia feito no quintal. Inexoravelmente, havia uma conversa anterior com Maria, às vezes um almoço, eventualmente acompanhava-os até a escola das crianças e durante uns minutos podiam ficar a sós no carro.

— A coisa está difícil com a Nazinha, ciúmes, inveja, não sei muito bem, mas anda me tratando muito mal.

— E você não tem ciúmes dela?

— Maria, só penso em você.

— O sexo com ela é bom, não é?

— É ótimo, mas é diversão, não é coisa séria.

— Deixa disso! Sexo é sempre coisa séria. Se a vida sexual vai bem já é um grande passo. O que nós experimentamos provavelmente nunca mais vamos repetir com outra pessoa. O fato é que temos a vida dos nossos desejos, nossas fantasias, a vida onírica, e existe a vida real que tem que ter cereal de manhã para as crianças, limpar o cocô deles. Nessa outra vida não tem amor, sonho ou paixão. Existe o ramerrame e ponto. Quando eu me deito, penso nas suas mãos me tocando e fico arrepiada, mas aí uma criança chora e eu volto para o mundo real, com o Johnnie bêbado ao meu lado, roncando e puxando as cobertas, com a conta que vence amanhã. A imagem dessas mãos, que me tentam, vai embora.

— Eu sou artista, vivo só nesse mundo, não tenho contas pra pagar. Se bem que acharia certo assumir alguma despesa da Eurídice, mas aí era decretar que ela é minha filha e não do Johnnie, não é?

— Não mexe nisso. Ele foi superlegal de aceitar sem contestação a Eurídice. Por isso que eu aceito algumas coisas que normalmente não aceitaria. Como é que meus pais iam ficar, ao saber que o pai da neta não é o pai, mas o tio. Não dá pra encarar essa.

— Orfeu abraçou Maria e a beijou com entusiasmo. As mãos que Maria tanto elogiou passearam pelas suas pernas e sob a blusa de organza ornada com flores de maio revelando sinais de sua pele aveludada. Foram ao Swing Motel no Morumbi e de lá Orfeu telefonou para dizer que não poderia dar aula, chamou o Boi para cobri-lo e passaram a tarde entre a banheira de hidromassagem e os lençóis sobre a cama redonda. Cada imagem refletida no teto transbordava paixão, os detalhes seriam impressos nas profundezas da memória até o final dos tempos. Tocava bossa-nova, eles se emocionaram e voltaram a fazer amor. Saíram correndo para pegar as crianças na escola que, sozinhas, sentadas ao lado do professor na soleira do portão fechado, aguardavam ansiosos a mãe.

Ligou para o Boi e foram comer no Truta Rosa depois da aula. Boi tinha graves problemas de audição, mas escutava as histórias de Orfeu com a atenção que acalentava seu coração. Saíram tropeçando e Orfeu não sabia o que fazer. Pegou um táxi e foi até a rua Batatais e ficou espreitando o apartamento. A empregada o reconheceu quando voltava do seu namoro e foi ter com ele:

— Seu Orfeu? Tudo bem?

— Não, como poderia estar? As mulheres que eu amo estão lá e eu aqui na sarjeta.

— Desculpe, seu Orfeu, mas o senhor tem que ir pra casa. Eu sei que não é fácil, mas o senhor só vai prejudicar a vida da d.

Maria. O senhor acha que a gente não sabe? Basta olhar os olhos de d. Maria quando falam de você ou até quando ela olha pra Eurídice. Por favor, vá pra casa.

— Tem razão, Cezira, eu vou atrapalhar, mais que ajudar.

— Sabe, quando o seu Johnnie soube que a d. Maria estava grávida ele saiu de casa, mas não foi longe não. Ficou aí, neste mesmo lugar em que o senhor está agora, sentado e chorando. O seu Johnnie ama muito a d. Maria. Senão não aceitava uma condição dessas. Ele é bom, às vezes bebe um pouco a mais, mas quem não bebe. De mais a mais, na condição que ele está? Ele não tem mais ninguém no mundo, só a Maria e os filhos. Não tem um amigo sequer. Precisa ver como ele trata a Eurídice! Ele é super carinhoso que até os outros filhos sentem ciúme. Ele não merece isso...

— Ninguém merece sofrer na vida, mas ninguém escapa dele. — Saiu e quase deu um beijo na empregada. Orfeu conseguiu ir andando até seu flat. Dormiu até tarde e voltou para o Rio de ponte aérea. Se ligaram todos os dias, até mais de uma vez e a empregada se tornou cúmplice do casal.

Os meses se sucederam na mesma escala: passeio no parquinho com Eurídice, levar à escola, ir ao Swing Motel até às 5 e no dia seguinte dar aula. Johnnie sabia das escalas. Se revoltava, mas as noites depois das tardes quentes eram ainda mais animadas e isso o ajudava a tolerar as traições da esposa. Evidentemente que Maria gostava do marido e tinha pena da situação que passava, por outro lado, Orfeu era como uma droga. Suas resoluções se derretiam na sua presença. "As mãos, sempre as mãos. Foram elas que tocaram e espalharam tinta nas paredes e telas, são elas que seguram o Minister ou o Charm. A elegância não está no berço ou na Madame Possas Leitão, surge no feto e se não tiver no berço vai buscar nos livros, na TV, no rádio ou nas ruas. A figura arquetípica do miserável elegante não surgiu à toa.

Orfeu a pegou sob a ponte da rua João Luiz Alves ou na ladeira da av. São Sebastião. No sopé da rocha, à sombra das amendoeiras. Por outro lado, de onde veio o interesse de Maria pela elegância? Não veio da simplicidade de seus pais, nem das aulas do Assunção. Não vieram de Carmem nem das outras meninas. Nasceu com Maria, assim como sua capacidade de suportar os infortúnios com altivez, com calma e consolação.

As dificuldades vividas por Maria e Orfeu não eram menores que as de Nat, seus pais, irmão, Johnnie e seus filhos. A pequena Eurídice, entretanto, espalhava alegrias e retinha os cuidados de Maria: roupas, brinquedos, perfumes, babá excelente.

O carinho de Johnnie por Eurídice foi arrefecendo à medida em que ela crescia. Os irmãos, a exemplo do pai, tinham um sentimento ambíguo de carinho, paixão e ciúmes. As constantes viagens dos pais, um para o Peru e a outra para o Rio, foram absorvidas sem problemas. Quando Eurídice ficou um pouco maior, Maria começou a levar Cida junto em suas viagens ao Rio.

— A senhora vem sempre aqui e depois vai visitar sua irmã e seu cunhado, não é? A senhora é muito ligada a eles, né? E a senhora trabalha também com o seu Orfeu... — não foi preciso muita esperteza pra Maria notar o sorriso malicioso.

— Você não pode contar isso pra ninguém, por favor. Só trouxe você porque confio plenamente. Meus filhos não vão poder saber disso nunca. O Johnnie e a Nat sabem. Não gostam, mas não tem que esconder, mas é pra tratar como se eles não soubessem. Sim, eu vou explicar. — A cor da pele era reveladora e difícil de disfarçar. A semelhança com Orfeu também.

— Eu fazia a fantasia de que a Eurídice fosse filha deles e não sei por que deram pra senhora cuidar, mas a senhora cuida dela com um carinho que eu nunca tinha visto, então ficava em dúvida. Sou uma pedra — mas as pedras rolam, e ao rolar revelam seus segredos. Primeiro foi a vizinhança, depois dona Conceição que lhe perguntou. Em pouco tempo as histórias foram se recheando de fantasias, até que Carmem veio lhe falar.

— Mas menina! Que loucura que eu ouvi falar por ai! — Maria repetiu a história, — mas você é louca! O que vão falar? Você não tem vergonha?

— Vergonha de amar? Ou vergonha de ter tesão?

— Não!... Não precisa transar com um pretão pra gozar.

— Primeiro que ele não é um pretão, é meu cunhado, meu amante e pai da minha filha, ele como nós, somos mestiços.

— Eu não!

— É? Vai pesquisar.

— Você sabe que a notícia se espalhou, todo mundo está sabendo.

— Eu sei, nem vou mais ao clube com a Eurípedes, que tudo quanto é babaca vem puxar conversa comigo. Até seu marido.

— Não?! O Décio? Você está de sacanagem comigo!?

— O Décio já passava a mão em mim quando a gente estava na escola, agora que descobriu que eu sou uma puta, está insuportável. Por isso que não vou mais na sua casa.

— Ah! Vou falar com ele.

— Eu acho que não adianta, homem é assim, está sempre ciscando pra ver se alguma coisa rola. Não vai se desgastar nem me deixar ainda pior. Por favor.

— Não, não vou falar que você me disse.

— Não fala nada. Apenas tente fazer ele caprichar mais com você.

Os encontros sociais se tornaram ainda mais escassos. Família, um casal de pais da escola de Eurídice. Nem sempre se tem o que se quer, às vezes Maria tinha que conviver com algumas amigas antigas rodeadas de indiretas, sarcasmo e desprezo.

Cida se sentia culpada por não ter se calado, cuidava da patroa, enquanto desprezava Nat e se apaixonava por Orfeu. Dedicava-se à pequena Eurídice. Os tios cariocas vinham a São Paulo com certa frequência, algumas vezes sós, outras em dupla. Eurídice parecia ter dois pais e duas mães. Há algo nas pessoas que prescinde educação para se incorporar ao temperamento, a menina tinha a pele mais branca que Orfeu e um pouquinho mais morena que Maria. Olhos pretos redondos como jabuticabas. Nariz afilado denotando personalidade. Cabelos ondulados pretos retintos, longilínea e magra. Pés grandes e um constante sorriso. Os irmãos a tratavam com carinho nos primeiros anos, mas quando cresceu e se tornou ainda mais bela, começaram a dizer que a caçula era adotada, deixando-a em dúvida. Por mais que Johnnie se esforçasse, não conseguia olhar para ela como pai, os outros podiam até ser mais repreendidos que ela, dificilmente tomava uma resolução sem falar com Maria. "Maria, olha a Eurídice". Ela ia bem na escola, tinha amigos e as fofocas maternas não chegavam até as crianças. Não era excepcional nas notas, mas as administrava com sabedoria. Orfeu fazia o possível para não interferir, nas conversas com os sobrinhos, dizia: "Tirou seis? Então é boba, estudou mais que o necessário para passar de ano". Maria não gostava, ela acreditava nos princípios da escola renovada, nos efeitos revolucionários da educação. Orfeu não. Afinal, a rua foi sua escola.

Aquele arranjo parecia estar acomodado, uma indireta aqui, um sarcasmo ali e tudo se resolvia. Numa noite, com os adolescentes trancados em seus quartos e a pequena com o padrinho Orfeu, no Rio, Maria introduziu o assunto:

— Como se chama sua amiga peruana?

— adda, assim mesmo com á minúsculo e dois "d"s.

— Estranho!

— Ela acha que fica mais simétrico. Segundo ela, vocês são os "á"s e eu e o Orfeu os "d"s. Segundo ela, o Á maiúsculo é duro, pontudo e violento; o minúsculo é elegante, feminino, ela gosta daqueles "ás" como os impressos, entende? O D maiúsculo é barrigudo, parece aqueles burgueses velhos e chatos; o minúsculo é elegante, altivo.

— Então ela sabe de tudo?
— Quase tudo, não é?
— Ela é casada?
— Viúva, o marido era do Sandero e morreu numa emboscada. Ela deixa o filho com a mãe no interior, perto de Arequipa. Em Lima tem muitos "niños bombas". Eles dão um dinheirinho pro menino levar um pacote na casa de alguém. Quando abrem a porta, por controle remoto, explodem menino, casa, tudo. É um horror!
— Eu gostaria de conhecê-la, mal a vi no casamento da Nazinha.
— Ela sempre fala que queria te conhecer, te admira muito.
— O que ela faz na vida?
— Ela é meio índia, então ela faz danças modernas, mas baseadas na tradição dos povos antigos do Peru.
— Ela não tem cara de andina?
— Não, ela tem mais de indonésia que dos povos dos Andes. É baixa, magra, cabelos pretos lisos, morena, assim como a Eurídice é uma simpatia!
— Ótimo, vamos conhecer adda, com á minúsculo e dois dês.
— Você sabe, não tem voo direto mais. Agora temos que ir pro Chile ou Argentina e de lá vamos pra Lima.
— Quando você vai precisar ir?
— Não tem data. Vou quando quiser.
— E o tempo lá? Não é frio?
— Não, lá nunca é nem muito frio nem muito calor, praticamente não chove e está quase sempre nublado. Vai levar a pequena?
— Claro! E os grandes também, se quiserem.

— O Luca vai querer, tem ondas incríveis.

— Mas tem praia?

— Não, a cidade fica em cima e tem o barranco, lá embaixo tem o mar, são praias de pedras, pro norte tem praias, a água é meio fria, acho que só pra surfista mesmo.

— Rumo a oeste!

Let's go Far West

Um Fokker da TAM os levou até Cochabamba e lá pegaram o voo da Aero Peru. Johnnie, Maria e Lucas hospedaram-se no Barranco, num excelente hotel, ocupando uma casa tradicional, modernizada e de frente para uma praça. Olhavam o entorno atrás dos personagens do livro Conversa na Catedral. O ambiente lembrava São Paulo antiga. A poucos passos tinham a vista a cavaleiro do Pacífico solene e solerte a colorir de azul-escuro a paisagem. Lucas gastou o que restava da tarde para se enturmar e desaparecer entre as ondas perfeitas e morenas eleitas. Novos ares trouxeram à Maria a jovialidade esquecida, e com o primeiro *pisco sour* a alegria de viver. Johnnie estava excitado com o encontro das duas, imagens contraditórias percorriam a costa da sua imaginação num recortado entre o côncavo e o convexo. Maria se sentia livre, aberta a tudo, conhecer a madrasta de seus filhos era um dever, mas também um prazer. Johnnie era boa pessoa e merecia alguém que o amasse acima de tudo, coisa impossível para ela. Seu plano era deixar os filhos passarem férias lá enquanto pensava em alguma coisa para Orfeu. Jantaram no hotel, comida fantástica. Temperos desconhecidos em dosagem alquímica a lhes despertar os sentidos. Ainda sob o efeito do pisco atenderam à ligação de adda. O longo fio enroscou a mesa do casal e passou pelos dois. Subiram e voltaram a se amar como não faziam há tempos.

Na manhã, carregaram Lucas para o museu Larco. adda os esperava, era um pouco mais baixa que Maria, quadris menos largos, pele mais escura e cabelos lisos e curtos que tapavam vez por outra seus olhos negros. Maria e Lucas foram afetados pela esfuziante simpatia. Logo ficaram à vontade, em meio às obras das culturas pré-colombianas. Almoçaram no restaurante do museu e se divertiram muito.

— Você não tem cara de inca — disse Lucas.
— Nem você — sorrindo. Eu não sou inca.
— Pensei que todo peruano tivesse cara de índio dos Andes.
— Não. Segundo alguns pesquisadores, as correntes migratórias das Américas foram três: a primeira é a tradicional, que os mongóis vieram pelo estreito de Bering. Depois tem a teoria dos que vieram da Groenlândia e tem também quem ache que veio uma leva da África pelo Atlântico. Você já ouviu falar na expedição do Kon-Tiki? Em 1947 um pesquisador desenvolveu um barco com tecnologia do neolítico e foi do Peru pra Polinésia. Ele queria provar que os povos dessas ilhas foram colonizados pelos peruanos. O livro é muito interessante, você devia ler. Mas enfim, há várias etnias por aqui mesmo antes de Colombo. Eu acho que meus antepassados são da Polinésia, se foram podiam voltar, não é? Mas ser americano é ser mestiço, aí está nossa riqueza. Você é um loirinho lindo, descendente de negros.
— Na verdade não sou loiro, é oxigenado mesmo.
— Não importa, você continua lindo assim mesmo.

adda se incluiu na família com naturalidade. Conversavam com desenvoltura qualquer assunto, menos de política. "No. Acá la política es algo para la policía, no para gente decente." Lucas argumentou que no Brasil não era assim tão diferente. "É a miséria latino-americana!" Também se negava a falar de futebol, depois do vexame da seleção ter entregado o jogo para os argentinos em 78, "aquele Cubijas me revolta!". Contou que dançava num grupo de arte mesclando as danças tradicionais nativas com técnicas modernas de Alvin Ailey e Merce Cunningham.

— A Maria é ótima bailarina.

— Fala bobagem... eu acompanho dança de salão. Na juventude, em São Paulo, toda boa menina fazia um curso com uma senhora que as preparava pros bailes de debutantes. Mas eu mesmo nunca debutei.

— Ela tem talento. Me apaixonei na primeira vez que dancei com ela.

— O que você mais gosta de dançar?

— Gafieira, o que não é muito recomendável pra senhoritas de fino trato, depois é rockabilly, mas o que eu gostaria de aprender é tango. Acho o máximo a sensualidade, a elegância do tango.

— Pronto, está decidido: hoje à noite vamos dançar tango.

— Mas eu não tenho roupa.

— Vamos já comprar. Conheço uma loja incrível em San Isidro que você vai amar. Eu já vi muitas fotos suas e sei o seu estilo.

Enquanto Johnnie e Lucas voltaram para Barranco, as duas foram às compras. Pareciam duas velhas amigas se divertindo. Maria sempre foi discreta e nunca foi às compras com Carmem, sua companhia sempre foi sua mãe ou Nazinha. adda tinha o arrojo da Nat e a paciência de dona Conceição. Induziu-a a comprar um vestido de seda com grande abertura lateral e sapatos fechados apropriados para dança. Para si comprou roupas semelhantes, iam como se fossem irmãs, não rivais.

O restaurante em Miraflores era grande, talvez um pouco agorafóbico. Pé direito alto demais e mesas esparsas num salão de piso de granilite e paredes com motivos nativos. No fundo havia um grande pátio que já fora um espaço ao ar livre, mas agora era só um vazio com algumas caixas de bebidas, uma porta lateral para entrada de mercadoria e no fundo banheiros muito confortáveis, com uma antessala com sofás, pias, espelhos e as portas para os WCs masculinos e femininos.

Na mesa havia cerca de uma dúzia de pessoas entre amigos de adda e do casal. Lucas preferiu uma balada juvenil com os novos amigos. O pisco rolou, Maria não quis beber, mas Johnnie voltou a se embriagar para seu desgosto. adda não se importava com os excessos do amante.

— Ainda bem que pra você não faz diferença. Pra mim, o Johnnie bêbado é insuportável.

— Homens são às vezes insuportáveis. Mas o que seria a humanidade sem eles.

— Tem razão. Mas não sei explicar, as drogas de Orfeu me incomodam menos que a bebida de Johnnie.

— É por isso que ele vem tanto ao Peru.

— Tem razão, graças a você a vida dele tem um alívio. Deve ser muito triste pra ele me suportar.

— Você deu três filhos pra ele. Que mais um homem pode esperar?

— Fidelidade.

— Fiel é o cão. Nosotras no somos fideles.

— Eu...

— Yo tampoco.

Os amigos eram animados, ainda que parte das conversas escapavam a Maria. Johnnie tinha um espanhol perfeito e sem sotaque, melhor que o português. A todo momento adda cochichava para colocar Maria a par da conversa. A banda de sete integrantes tinha no bandoneón sua peça máxima. De resto, não muito diferente das inúmeras bandas de bons músicos que têm que se virar em bares e salões, uma vez que escolheram ser artistas em terra de exploração. Iniciaram com boleros, Manzaneros e Lucio Gattica e passaram ao tango. Um amigo da mesa tirou adda para dançar. Todos se levantaram para ver o casal dançar em estilo próprio.

— Venga bailar comigo — disse adda.

— Eu? Depois desse show que você deu? Eu nunca dancei tango na vida.

— Mira. Os passos básicos são esses: primeiro tem uma postura, isso é fundamental. O homem, que soy yo, é o galã latino conquistador. A mulher é uma jovem do cais do porto Madero. Uma puta que se faz de difícil, mas ao mesmo tempo tem que ter muita sensualidade. Pensa que você vai ganhar a noite com essa dança. O casal começa com os pés juntos e bem aprumados. O cavalheiro vai com a perna direita pra trás, a mulher com a esquerda à frente, e juntam. Depois o cavalheiro sai com a perna esquerda pra lateral e a mulher espelha com a direita, juntam. Depois o homem dá dois passos pra frente, mais rápido, sai com a perna direita e ela com a esquerda pra trás. No terceiro passo, o pé direito do homem entra atrás do calcanhar esquerdo e dá uma virada se levantando um pouco, de uns quarenta e cinco graus pra esquerda. Daí ele sai com a perna direita em ângulo de quarenta e cinco graus e a esquerda vai se juntar. Daí começa tudo novamente. Entendeu? Vamos experimentar.

As duas ficaram próximo à mesa ensaiando lentamente os passos. adda no papel de cavalheiro e Maria no de dama. Antes do primeiro quarto de hora, enquanto as duas ocupavam o centro do salão, a facilidade de Maria em acompanhar os passos de adda era notável, olhava outros casais e logo pegava os golpes das pernas no ar envolvendo as de adda enquanto sua saia mostrava suas pernas brancas. As gotas de suor se misturavam, as cochas se entranhavam, os passos espelhavam, as testas se tocaram, os olhos fixaram e uma torrente desceu pelas vértebras enquanto o som tremulava seus sexos. Os narizes se moveram e as bocas se tocaram, as línguas se roçaram, os seios se encontraram e a música parou. Os demais bailarinos olharam, Johnnie se excitou, os amigos se calaram e adda tomou Maria pela mão levando-a ao pátio externo. No sofá, adda debruçou-se sobre Maria enquanto suas mãos percorriam áreas que a abertura da saia expôs. Maria ajudava adda no desvelamento de suas intimidades. Johnnie olhou constrangido para seus colegas de mesa e não conseguiu esconder sua ereção, até que alguém disse: "vai lá!". Quando encontrou suas duas amadas se tocando, ele permaneceu imóvel, entre excitado e desnorteado. Antes que os sentimentos se acomodassem, um grande estrondo se ouviu, um golpe de ar jogou Johnnie contra a parede oposta, os espelhos se partiram, adda recalcou-se sobre Maria com violência apertando-a contra o sofá. Gritos, choros e ruídos de desabamentos. Johnnie sangrava pelo nariz, adda tinha as costas cravejadas de pequenos ferimentos. Maria ganhou um galo na testa no choque com adda e dois pequenos cortes nos braços. Assustados, levantaram-se e correram de volta ao pátio. O salão era chamas, fumaça e horror. A porta de ferro lateral havia saído do batente e pendia inclinada e retorcida. Os três se olharam, viram-se relativamente bem e sumiram pela porta antes de qualquer outro ocupante. Lá fora soavam sirenes, faróis e janelas se abriam. Correram o quanto puderam, ele sem paletó, com a camisa manchada de sangue, elas seminuas, sangravam levemente. Um carro se ofereceu para levá-los ao hospital.

— Estão bem?

— Sim... relativamente. Obrigado, senhor. Como posso lhe agradecer?

— Não é nada, sou um ser humano e odeio o Sandero.

— O que houve?

— Um niño bomba explodiu no salão, muitas mortes, muitos feridos. Ainda não se sabe quantos.

— Por favor, nos deixem por aqui mesmo, pegamos um táxi.

— Não vão encontrar táxi a esta hora por aqui. Onde estão hospedados? É melhor ser examinado por um médico.

— Os hospitais estão um inferno, não vamos ocupar os médicos com ferimentos à toa. Depois vão nos segurar aqui por horas. Por favor, deixe-nos no Barranco.

— São brasileiros?

— Só ela. Eu sou canadense e ela peruana — adda gemia.
— Não quer que eu mande um médico amigo meu aí no hotel?
— Não é nada, só estou assustada.

Lucas estava em pânico, entendeu o estado da mãe e madrasta como decorrentes da bomba.

— Vamos embora dessa merda desse país, agora! Não fico aqui mais um minuto. Achei que vocês tinham morrido.

— Me dê o telefone, quero saber dos meus amigos... Sabes de algo? No?... Tiveram notícias? No? Ai, meu Deus. Clarisse em hospital, é tudo que sabe? Meu Deus. Quem morreu? Não sabe ainda? Meu Deus! Perdi o marido com esse Sandero Luminoso, agora quase que vou junto com meu amante e sua mulher. Que horror! Isso é revolução! O mundo vai ficar melhor sem nós? Meu Deus, onde estamos?

O aeroporto estava lotado. Johnnie tinha contatos, conseguiu um voo via Santiago do Chile. Maria não queria ir ao país de Pinochet, mas que remédio? adda se despediu com um longo abraço nos dois. Maria disse:

— Sempre fui comportadinha, quando saio um pouquinho da linha, deixo meus instintos se manifestarem, vem uma bomba em cima de mim.

— Nos veremos outras vezes — disse adda.

— Não sei, e se nos vermos será outro lugar, outro dia, o rio da vida não passa duas vezes no mesmo leito. Adeus.

Nascente e poente

— Eu não vou pro Rio, nem pra Lima nem pra lugar nenhum, vou pra alameda Campinas. Vou ficar com meus avós. Você não é mãe, só pensa em você, trai meu pai, minha tia e agora resolveu ficar sapatona.

— Minha filha, eu penso em vocês antes de tudo. O que seu pai te contou sobre Lima?

— Contou que você ficou com a mulher dele se agarrando e ele foi ver, e aí soltaram uma bomba, se salvaram por um triz.

— É verdade, eu fiquei com a adda. Primeiro, se eu traio seu pai, ele também me trai.

— É lógico, você que começou.

— Eu não sei quem começou. Eu tive um caso com seu tio antes de conhecer seu pai, então não traí ele. Depois me diga, você nunca brincou com uma de suas amigas?

— Sim, mas eu era uma menina, nem sabia o que estava fazendo.

— Stella, então você também é sapatona?

— É claro que não!

— E por que eu não posso um dia fazer aos 40 anos o que você fez aos 15? A gente tem recaídas, volta a ser menina de vez em quando, isso não faz de mim nem uma retardada, nem uma homossexual. Foi um momento. Todo mundo tem um pouco de homossexual. Eu não fiquei com o Orfeu porque ele é negro. Só por isso. Fui expulsa do colégio, todas as minhas amigas me evitaram, virei uma puta porque me apaixonei por um negro. Que nem negro é, um mestiço como nós somos. Se alguém foi traído aqui fomos nós. Fui traída pela Carmem, pela Ângela, pela Maria Amélia, e os rapazes todos vieram tentar me comer por quê? Se saí com um negro, quanto mais não sairia com um branco.

— O Tio Décio também?

— O seu lindo tio Décio já passava a mão em mim muito antes de eu conhecer o Orfeu. Depois então... O seu lindo tio não é o que você pensa.

— E porque você continua amiga dele, deve gostar das passadas de mão.

— Somos amigos desde muito jovens, e de mais a mais não dá pra gente só ter amigos perfeitos, todo mundo tem defeitos. Não gosto que ele passe a mão em mim, nunca gostei, mas se for eliminar todo mundo que tem alguma coisa que não gosto só sobrariam vocês três e o Orfeu.

— Então você admite que trai meu pai com o tio Orfeu.

— Ele é o grande amor da minha vida. Espero que um dia você encontre alguém que ame assim como eu o amo. Você não imagina como isso faz bem, dá sentido pra vida. Homem, mulher, preto, judeu, o que for. Se um dia amar alguém eu vou te apoiar, da mesma forma que meus pais, do jeito deles, me apoiaram. Sou amante do Orfeu sim, não queria ter amantes, não queria trair seu pai, mas é mais forte que eu. Eu vou passar o resto da vida perto dele, ele é o pai da sua irmã, é seu tio, te ama e se você quiser vir comigo no Rio ótimo, tenho certeza de que eles vão te tratar muito bem, com amor. Se você for pro Peru com seu irmão, também ficarão bem com seu pai e a adda que é uma excelente pessoa.

— Põe excelente nisso!

— Ironias à parte, ela é inteligente, amável e será uma ótima companhia pro seu pai, ótima madrasta pra seu irmão e pra você também, se você quiser.

— O que eu vou fazer no Peru, tocar guarânias?

— Guarânias é no Paraguai. Lima é uma ótima cidade, tem ótimos arquitetos, tem restaurantes incríveis e você encontrará jovens iguaizinhos aos daqui. Tem um ditador igual aqui e tem terrorismo, mas isso passa.

— Não! Adoro meus avós e quero ficar aqui com eles. Vou passar férias no Peru ou no Rio. No máximo, mas viver com meu tio, que é padrasto e casado com uma chifruda, não.

— Onde você aprende tanto preconceito de uma vez só? O seu tio é o Orfeu, um ser único, com uma história única. Um ser humano, sua tia Nat é um encanto de pessoa, linda, descolada, inteligente, gosta de sexo, e por acaso isso é pecado? Você não gosta também?

— Não assim.

— Como não assim? Você não está cada dia com um cara diferente?

— Mas eu sou solteira e quero aproveitar a vida.

— Ela também quer aproveitar a vida e o Orfeu já sabia que seria assim desde sempre, seu pai também já sabia desde o começo que eu era apaixonada pelo Orfeu e me quis mesmo assim. Ou a gente guia a nossa vida pelo amor, ou pelo preconceito, pelas convenções sociais ou ideologias saídas sabe-se lá de onde.

— E o que você vai fazer lá?

— Antes de morrer, meu chefe, Dr. Luiz, me indicou pra formação do Instituto Moreira Sales. A sede vai ser em Poços de Caldas, mas depois vai ter sede no Rio e em São Paulo. Eu vou organizar a parte artística no Rio. Nós vamos vender o apartamento na Batatais e eu vou comprar um apartamento lá, lindo, num lugar incrível, na Francisco Bhering, na frente das dunas da Gal. Quer mais? Você fica à vontade, more onde quiser, não deixará de ser minha filha.

— Se ao menos eu soubesse quem é o meu pai.

— Seu pai é o Johnnie, não bastasse você ser parecida com ele, era o único homem que eu tinha. A Eurípedes eu acho que é do Orfeu, confesso, mas você e o Lucas não tenho a menor dúvida. Quando você for passar o primeiro verão comigo, depois de um pôr do sol da nossa janela, nunca mais vai querer sair de lá. Linda do jeito que você é, com esse corpo maravilhoso, inteligente, esperta. Vai conquistar até o Caetano Veloso.

— Nem fala uma coisa dessas! — Riram e voltaram a ser mãe e filha.

Nat ficou contente com a vinda da irmã e da sobrinha para perto deles.

— Eu estou preocupada com o Orfeu, primeiro são as drogas. Ele ficou muito deprimido com a morte do Hélio, era o seu maior parceiro, o que tinha mais visibilidade, antes ele já estava chocado com a perda do Alex Vallauri, outra perda foi da Lygia Clark. Ele acha que será o próximo. Encanou, e em vez de parar com as drogas, piorou, passa o dia inteiro chapado. A filha morando aqui no Rio vai dar um ânimo pra ele. Vai ser bom.

— E pra você?

— Olha, você é minha irmã, a melhor coisa que me aconteceu na vida. É claro que eu tenho ciúme, mas... c'est l'a vie! Depois de tudo que eu aprontei, não dá pra ficar reclamando.

— Será que o aneurisma do Hélio não foi causado pela cocaína?

— Não, a família dele tem esse histórico. Acho que ele usava porque sabia que não ia durar muito.

— Vocês conversaram seriamente sobre isso?

— É claro que não! Você acha fácil conversar com ele? Você fala alguma coisa e já sai briga. Ele está sempre chapado... E não está produzindo quase nada. Mas a Eurípedes vai trazer alegria. Tenho certeza.

Com seu Santana Quantum GLS carregado, Eurídice no banco da frente e José no de trás, a cancela da rua Francisco Otaviano abriu-se para Maria, num dia nublado e morno. As águas de março viriam mais tarde para fechar o verão. Maria carregava seus pertences, seus cinquenta cruzeiros que lhe sobraram do saque praticado pelo Collor, com o coração partido de ir morar longe dos filhos, do ex-marido e dos pais. Ia tentar uma nova vida de Sol, Sal e Sul. Levou o sabiá, o violão e a cruel desilusão. Teria meio marido, partilhado com a irmã. As incertezas com o fim da Embrafilme e de toda a cultura. Enfrentando a inflação de quase dois mil por cento ao ano era impossível fazer qualquer planejamento financeiro mesmo com uma HP 12C e todo aparato da matemática financeira. Trazia também alguns fios brancos, uma tristeza da cor do azul do céu que não havia. Vinha ver o poente de seus sonhos da pedra do Arpoador, os sons no Azul Marinho a perturbar seu sono e a certeza de que Eurípedes iria gostar do Rio.

Dindi tinha razão, a vinda da filha trouxe alegria a Orfeu e passou o outono levando a filha ao bondinho do Pão de Açúcar, ao aterro, ao Jardim Botânico mostrar a árvore do Tom Jobim, mostrou onde ficava o Zeppelin, o Antonio's e o Rio que houve. Levou-a no La Mole, no Guimas, no Largo do Machado, à escola e levou-a para passear até o Leblon.

Eurípedes finalmente teve um pai. Orfeu foi o pai que nunca conheceu e enquanto o sol se punha atrás do morro dos Dois Irmãos a tristeza teve fim. Mas à medida que o sol foi indo para o mar, os humores foram se alterando. Eurípedes conquistou rapidamente amigos e amigas que lhe mostravam outros cantos da cidade. Os projetos da Fundação se postergavam, o plano econômico, assim como foram os outros, fez água. O inverno trouxe ressacas e as drogas afastaram novamente Orfeu de Maria, de Dindi e de Eurípedes. José não se acostumou com a cidade maravilhosa. Os irmãos sentiam falta um do outro e o mercado de arte que restou estava em São Paulo. Mais uma vez o plano de Maria e Orfeu se unirem, ainda que parcialmente, parecia naufragar. Mas a grande baleia branca que consumiu o Orfeu/Ahab foram as veias cerebrais que não resistiram à cocaína e forçou Dindi a levá-lo ao Miguel Couto numa noite cheia de estrelas de um inverno tépido e sem nuvens. Maria e Eurípedes foram correndo enquanto Orfeu era operado.

Horas se passaram nos corredores infectos entre macas ocupadas por queixosos e nem tanto. A miséria não dá descanso nem na morte, os gritos enfermos se misturavam com os de enfermeiras histéricas e familiares revoltados. Orfeu voltou com o rosto deformado, a cabeça raspada com cicatrizes lembrando Os Monstros, movimentos afetados e cérebro adormecido. Os médicos só tinham três palavras: "é preciso aguardar...". Eles aguardaram. Nazinha aguardou até o Natal, depois foi para o Nordeste, e Maria e Eurípedes aguardaram por um ano. Orfeu melhorou pouco. No cenário ensolarado, as duas levavam Orfeu para um passeio até a praia do Diabo como se ainda fossem amantes, como se Orfeu fosse ele. Finalmente, Maria teve seu Orfeu só para si e sua filha. Não se sabe se o carinho, os cuidados ou as rezas levantaram o enfermo e puseram-no no mundo outra vez. As cicatrizes se acomodaram na pele morena, o cérebro acordou para as coisas simples, as pernas lhe permitiam andar com dificuldades e o braço esquerdo movia-se em espaços restritos e lentamente. Sua voz era outra e seus olhos cinza-esverdeados não a olhavam mais com amor, talvez com gratidão, simpatia. Naquele ano, Da Glória morreu dormindo no seu apartamento de Copacabana. No final daquele ano, o colégio fechou sufocado em dívidas. A canção de amor desafinou, os remédios, junto com os maus tratos da juventude, exigiram um transplante de rim. Eurípedes se prontificou a doar o seu, foi ao médico fazer os exames necessários.

— Lamento informar, mas seu rim é incompatível com o do paciente — disse o médico.

— Como assim? Ele é meu pai!

— Não, ele não é seu pai genético. Pode ter sido o pai que a criou, mas seu sangue não é o dele.

— Mãe? — Eurípedes começou a chorar. — Você me enganou!

— Como assim te enganei? Eu jurava que ele era seu pai.

— Não é, minha senhora.

— Quem é então meu pai?

— Só pode ser o Johnnie.

Eurípedes saiu da sala transtornada. Chorou por um longo tempo. Se trancou no quarto e ligou para o Lucas.

— Você acredita? Eu não sou filha do Orfeu. Juro, fiz exame e deu incompatibilidade com o rim dele. Sou totalmente sua irmã. Depois de tudo isso que passamos, me vem essa!

— Calma querida, eu adoro ser seu irmão e não muda nada pra mim. Quer vir pra cá?

— Quero.

— Posso contar pro papai?

— Claro, conta pra ele. Eu estou confusa, a mamãe passa o tempo todo cuidando do tio Orfeu e a Dindi dele sumiu. Acho que arrumou outro, nem telefona. Nem sei onde ela está. Eu me sinto muito sozinha. Preciso de alguém. Só tenho vocês. A Stella? Ainda não falei com ela, mas ela só pensa nela mesmo. Acho que não está nem aí.

Finalmente, Maria tinha Orfeu só para si. Mas para quê? Para que tanto céu, para que tanto mar? A tristeza consumiu o brilho de seus olhos, a sua pressão subia e descia, as nuvens passavam, as marés se sucediam, tomou um chope em Copacabana, sabia que ia amar até a despedida, o coração cansou, Vênus surgiu no céu e ela se foi.

© 2022, Cláudio Furtado

Todos os direitos desta edição reservados à
Laranja Original Editora e Produtora Eireli

www.laranjaoriginal.com.br

Edição **Filipe Moreau**
Revisão **Felipe Monteiro**
Projeto gráfico **Arquivo [Hannah Uesugi e Pedro Botton]**
Foto de capa **Luis Diego Aguilar / Unsplash**
Foto do autor **João Bueno Perrone**
Produção executiva **Bruna Lima**

Dados Internacionais de Catalogação na Publicação (CIP)
(Câmara Brasileira do Livro, SP, Brasil)

Furtado, Cláudio

    Insensatez / Cláudio Furtado. — São Paulo, SP:
Editora Laranja Original, 2022. — (Prosa de cor)

    ISBN 978-65-86042-42-9

    1. Romance brasileiro   I. Título. II. Série.

22-113229   CDD-B869.3

Índices para catálogo sistemático:
    1. Romances: Literatura brasileira B869.3

Eliete Marques da Silva — Bibliotecária — CRB 8/9380

COLEÇÃO **PROSA DE COR**

Flores de beira de estrada
Marcelo Soriano

A passagem invisível
Chico Lopes

Sete relatos enredados na cidade do Recife
José Alfredo Santos Abrão

Aboio — Oito contos e uma novela
João Meirelles Filho

À flor da pele
Krishnamurti Góes dos Anjos

Liame
Cláudio Furtado

A ponte no nevoeiro
Chico Lopes

Terra dividida
Eltânia André

Café-teatro
Ian Uviedo

Insensatez
Cláudio Furtado

Fonte **Tiempos**
Papel **Pólen Bold 90 g/m²**
Impressão **PSi7 / Book7**
Tiragem **200**